Mónica Ríos nació en Santiago de Chile en 1978. Estudió Letras en la Universidad Católica de Chile y es Magíster en Literatura por la Universidad de Chile. Ha publicado los ensayos *La escritura del presente* (Ediciones UDP, 2008), sobre el cruce de la literatura con el guión de cine, y *El cine de mujeres en postdictadura* (Ediciones del CNCA, 2010), en coautoría. Escribe regularmente notas de crítica literaria para Sobrelibros.cl, ha publicado cuentos en la compilación *Lenguas (dieciocho jóvenes cuentistas chilenos)* (JC Sáez Editor, 2006) y en revistas, además de una obra de teatro. Durante 2005 llevó a cabo la investigación Archivodramaturgia.cl, y desde 2008 ha trabajado en el sitio web patrimonial Memoria Chilena. En 2010 codirigió, junto a Simone Pavin, *La burbuja,* largometraje con guión de su autoría. Practica la docencia universitaria sobre el guión de animación, de televisión y de cine. Desde 2008 es fundadora y editora, junto a Carlos Labbé, de esta casa editorial, Sangría.

SEGUNDOS

Narrativas contemporáneas, 3

MÓNICA RÍOS

SEGUNDOS

SANGRÍA

© Mónica Ríos
Nº 171.287 del Registro de Propiedad Intelectual de Chile
International Standard Book Number: 978-956-8681-07-4

© Derechos reservados para esta edición:
SANGRÍA EDITORA
Las Torcazas 103, departamento 604, Las Condes, Santiago de Chile
www.sangriaeditora.com
sangriaeditora@gmail.com

Aunque adopta la mayoría de los usos editoriales del ámbito hispanoamericano,
SANGRÍA EDITORA no necesariamente se rige por las convenciones de las
instituciones normativas, pues considera que –con su debida coherencia
y fundamentos– la edición es una labor de creación cuyos criterios deben
intentar comprender la vida y pluralidad de la lengua.

Edición al cuidado de Pilar García y Carlos Labbé
Diagramó el libro Carlos Labbé
El diseño de colección y de la portada fue realizado por Joaquín Cociña

ÍNDICE

Para Carlos y Horacio

No sé bien por qué quieren entrar en la historia de Colling ciertos recuerdos. No parece que tuvieran mucho que ver con él. La relación que tuvo esa época de mi niñez y la familia por quien conocí a Colling, no son tan importantes en este asunto como para justificar su intervención. La lógica de la ilación sería muy débil. Por algo que yo no comprendo, esos recuerdos acuden a este relato. Y como insisten, he preferido atenderlos.

Además tendré que escribir muchas cosas sobre las cuales sé poco. Pero no creo que sólo deba escribir lo que sé, sino también lo otro.

Felisberto Hernández

1

El guardián estaba como siempre encorvado junto a las rejas, bajo los abetos, parado justo al borde del terreno como si fuese una gárgola espantada por las huestes angélicas. Desvié lentamente mi mirada de la suya mientras mis pies se apoyaban cuidadosamente sobre la arenilla, el cemento y la cerámica arrimándose a los calefactores que apenas cumplían su objetivo. Inaudibles cruzaron el pasto, pisaron la piedra y bajaron las escaleras hasta encontrarse con un remolino de voces de mujeres, casi niñas. Una de ellas se acercó a mí para advertirme que no me cambiara a su lado –apuntó hacia una esquina– porque era puta; la habían visto ponerse los calcetines antes que los calzones.

Entré al baño y me enfrenté al espejo. Unas voces venían desde una de las cabinas cerradas. Eché mi pelo hacia atrás con un cintillo pasado de moda, despejándome la frente y los ojos. Dos muchachas salieron desde la misma cabina, no notaron mi presencia. Hablaban de un estudiante, uno que ya había egresado y que yo conocía por las referencias de la Guerra y la

Hanna Suyuki, y por las historias que me contaba Sergio. Pude entender, además del nombre, la palabra muerte, justo antes de que un golpe seco contra las baldosas llamara nuestra atención. Una cajita yacía medio rota bajo una de las cabinas, desde ella se elevaba un polvo color carne y pedazos de espejo se esparcían por el suelo. Unos dedos gordos se asomaron bajo la puerta de la cabina y agarraron torpemente el objeto deshecho. Las carcajadas resonaban en el techo alto aún después de que las dos muchachas estuvieran en el pasillo. Yo me quedé, había reconocido esa mano.

La dueña de la cajita se asomó para comprobar si estaba sola. La quise saludar, pero me callé. Esa cara no era la que yo conocía, aunque se asemejaba de manera perversa a Yanidra Espejo. Ella trató de actuar con normalidad al percatarse de que sólo quedaba yo en el baño. «Eres tú, Mariana», me dijo. Habló inusitadamente fuerte sobre los moretones de su cara. La vi corregir los morados, verdes, cafés y rojos que todavía le quedaban en la quijada para dilatar el tiempo dentro del baño. Sonó la campana. Salí tratando de escudar la cara nueva, pero eso no evitó que las respiraciones se detuvieran por un segundo mientras Yanidra hacía el estreno de sus flamantes facciones con ademanes grandilocuentes. Caminó por el pasillo a medida que las burlas se fueron amontonando. Entre los surcos que dejaban las lágrimas

18

en sus mejillas, manchando el cuello de su camisa blanca, Yanidra se decía que lo peor ya había pasado, que los otros, como ella antes, se acostumbrarían a su barbilla angosta y a sus pómulos asiliconados.

La noticia se dispersó rápidamente en el camarín de las mujeres. Entró la profesora con la cara empapada y los ojos colorados. Vino a avisarnos que debíamos vestirnos porque la clase se había suspendido y, en vez, debíamos atender a una asamblea. En ese momento una niña le preguntó callada si era verdad que Denisse Vuskovic se había suicidado. Yo no la había conocido mucho, pero sabía quién era, todos en el colegio sabían quién era. Recuerdo un día que la Hanna apuntó hacia donde estaba ella y «esa», dijo, «es la que está pololeando con Nicolás Owen».

Nicolás Owen, el del cabello que brilla al sol, el de los pectorales de oro. Era perfecto, contaban: sus ojos, sus manos, el color de su piel, la suavidad de sus labios. No sólo era perfecto por fuera, también realizaba sin faltas desde elaborados problemas de matemáticas hasta su rol de capitán en el deporte que fuera. Su vida no había sido fácil, pues sus padres se habían separado cuando él era niño aún y desde entonces su padre vivía en otro país. Esa historia hacía que esos dientes sospechosamente blancos aparecieran en toda su vulnerabilidad, dotándolo de una belleza sobrehumana. Era simpático, buen conversador. Hasta le dirigía la palabra a Sergio.

19

De pequeña Denisse había sido muy amiga de Sergio, incluso cuando alguien escribía en el quiosco «Sarfati turco de mierda». Parados frente a los rayados, ella solía decir que era como si quisieran ofenderlo llamándolo argentino o peruano o chino, que quién se va a ofender por eso. Pero eso no quitaba que el insulto directo llegara a la nariz de Sergio, a su piel demasiado blanca y a su lunar en medio de la mejilla izquierda que el pelo negro no podía esconder.

Ese día todas supimos que hablaba de esa Denisse, la única que todas identificábamos, la única por la cual esa profesora derramaría lágrimas.

Una vez estábamos sentadas en unas bancas con la Guerra y la Hanna Suyuki mirando una gran cancha de fútbol de pasto. Vi a Sergio sentado tres bancas más lejos; tenía los audífonos puestos y no escuchaba nada de lo que decía el Guatón Trabucco. Me senté a su lado y él, con su usual suavidad, se sacó los audífonos, me regaló una leve sonrisa. Me dijo que estaba obsesionado con alguien que nunca lo iba a querer de vuelta. Pronto noté que los ojos de Sergio estaban pegados en ella. Conversaba en la mitad de la cancha con otros tres como si estuviera borracha y, a la vez, no podía dejar de parecer parca, calmada y distante. Las pelotas de fútbol se las arreglaban para pasar por el lado del grupo sin tocar a nadie.

Sergio me contó cómo, cuando entró al colegio en primero básico, él y ella se venían todas las mañanas juntos en el auto de su papá, un Volvo azul marino. Como vivían cerca, parecía natural que fueran amigos y que Denisse se fuera todas las tardes a la casa de él. Se imaginaba a la mamá de ella acercándosele a su papá en una reunión de colegio, con su andar sinuoso, para pedirle si podía llevar y traer a su hija. Se imaginaba también a su papá asintiendo torpemente mientras escuchaba las quejas de Raquel sobre lo terrible que era la separación y eso de tener que hacerse cargo por completo de la niña; ella, que era todavía una mujer joven. Se lo imaginaba porque él escucharía tantas veces lo mismo después en la casa de Denisse.

Cuando llegaron a cuarto básico, las cosas empezaron a cambiar. Denisse se volvió precozmente independiente y empezó a tomar micro para ir al colegio. Muchas veces se perdía en el camino. Sergio le preguntaba al día siguiente con ingenuidad si había estado enferma. En quinto básico Denisse se puso cruel con él. La buscaba con sus ojos y ella lo notaba; también lo notaban sus amigas. En esa época era común que le llegaran balines hechos de papel y saliva arrojados a través de un lápiz bic. Si Sergio miraba hacia atrás, no había realmente nadie a quien culpar, nadie contra quien sacarse la rabia. Al final se la sacó consigo mismo: le empezaron a salir unos zarpullidos rojos en el cuello que le picaban con intensidad y que se le esparcieron

21

rápidamente a la cara. A la vez, todas las mucosas del cuerpo empezaron a supurar: mocos, saliva, pollos, sudor, lágrimas. Así pasó un año. Se mejoró en vacaciones, pero de vuelta ya en el colegio le volvió la alergia en las piernas y en las ingles. Sergio era el único de su clase que hacía deportes con buzo largo y se cambiaba de ropa en los baños cerrados del camarín.

Mientras, Denisse actuaba cada vez con mayor malicia. Una vez lo acorraló con sus amigas y empezó a preguntar quién le gustaba. Sergio suplicaba con la mirada, mientras sentía que su estómago lo iba a traicionar. Se abrió paso entre las risas de las niñas mientras corría al baño.

Sin embargo, él no pudo dejar de quererla. Tal vez la odió algunos días, lloró en su casa, pero la pena y la vergüenza se disiparon pronto. No fue capaz de dejar de mirar cuando Denisse pasó por distintos colores de pelo, cuando se puso un aro en la nariz y hubo una confabulación entre los profesores para que se lo sacara. Tampoco dejó de mirarla cuando las tetas le crecieron por fin, ni cuando las caderas se le ensancharon apenas. Un día, en el mismo lugar donde estaba sentado ahora, al lado del Guatón Trabucco, vio a Denisse hablando con Nicolás Owen. La pareja se dio cuenta de la mirada insistente de Sergio. Denisse le gritó insultos, Sergio no reaccionaba. Hacía ya tanto que la interacción con ella

22

había cesado que verla venir fue igual que ver a Bruce Willis en la televisión. Denisse estuvo medio minuto increpándolo: le dijo que parecía un retrasado mental, que se le estaba cayendo la saliva. Luego hubo un silencio en que ella esperó, pero Sergio no profirió palabra.

Finalmente, Denisse dejó de notarlo. Más bien adoptó la actitud de quien hace caridad. Al parecer la de Sergio no era la única mirada que se volvía hacia ella. Denisse y sus amigas eran, sin duda, hermosas e inalcanzables mujeres. Ese mismo año en que Denisse se puso a pololear con Nicolás Owen, Sergio repitió el curso.

El sábado nuestros cuerpos languidecían a las cuatro de la tarde frente al televisor. La Guerra leía la *TV Grama*. Cuando acometió con el control para ver Much Music, protesté, porque la promesa era ver *Totoro*. No aceptaron, ni siquiera la Suyuki que recién se había conseguido la película. Llamé a Sergio.

Lo vi por la ventana del café; además de él no había nadie más ahí dentro. El local, asentado en una calle muy poco propicia para poner cualquier tipo de comercio, no ocupaba más de seis metros cuadrados. Al fondo había una barra donde una señora de rasgos viriles muy pintada leía un diario. Cuando entré, ella ni siquiera me miró. Sergio saludó con un gesto y a mí se me cayó la película que traía en la mano. La imaginación había

23

dibujado estos momentos miles de veces antes: «La mujer está guapísima sin saberlo, a la vez muy centrada. Él está totalmente enamorado de ella y la recibiría galán. El garzón, inevitablemente, se embriaga con la atmósfera amorosa». En cambio era sólo yo. Tuve que pararme por mi cuenta a pedirle un café y un jugo a la mujer, que no despegaba los ojos del diario. Mi saludo fue seguido de una indiferencia total. Esperé, me sentí estúpida y esperé otro tanto. Me senté nuevamente. Antes de traer mi pedido, la mujer cambió las canciones de Emmanuel a otra radio que daba un especial de canciones lentas de Otis Redding. Sergio lo lamentó, decía que Emmanuel le parecía un hombre inteligente, a pesar de la música que cantaba. Yo le dije que esa era una estrategia comercial que estuvo de moda hacía un par de años. La música de Emmanuel –ya nadie podía detenerme– era un espantoso sincretismo entre el bolero y la electrónica que de a poco o a ratos se ponía de moda en los círculos cultos como un intento de acceder a la imaginería popular. Sergio alegó que eso podría ser verdad cuando la obra en cuestión es de un músico o un pintor que tiene la intención de pertenecer a la alta cultura, pero no el producto de una –dudó– estrella cuyo lugar de exhibición natural es la televisión y las revistas de espectáculos. Y yo: debido a eso, a todas las manos que se metían entre lo que podría llamarse producto artístico y la audiencia –productores,

24

negociantes, marqueteros, gerentes, publicistas y mafiosos–, al final el producto difícilmente se parecía a lo que el artista había concebido, si es que había concebido algo. Sergio me interrumpió diciendo que el problema de las estrellas –ahora sin dudar– es que hace años que no pisaban la calle, las micros, los puentes, el pasto, que no tocaban un árbol ni –llegó a decir incluso– olían una flor silvestre; no conocían ya lo que era real, no sabían la medida de los cambios ni el tono de la verdad cuando era dicha. Menos mal que la llegada de mi pedido interrumpió su discurso. Me pregunté en qué momento Sergio había logrado cambiar el romanticismo fruncido con que yo llegara por una modorra irónica. La mujer que atendía el café puso sobre la mesa un vaso gigantesco de jugo de naranja y un sándwich de queso caliente. Agarré el pan sin alegar por la confusión en mi pedido.

Nos quedamos callados. Sergio miraba por la ventana echándose para atrás en la silla y con las manos cruzadas en su nuca. Sin querer, le miré su zona pélvica: tenía un bulto más grande de lo que imaginaba. Traté de quitar la vista. Me concentré en mi sándwich y escuché la radio. Hasta que él rompió nuestro silencio.

–¿Qué vas a hacer?

–Te iba invitar a ver *Totoro*. Se la quité a la Hanna, mira.

–No puedo. Es el cumpleaños de la Denisse.

25

—¿Te convidó? —se me salió por la impresión.

—¡Claro! —gritó—. Ya te dije que me invita todos los años.

Lo más obvio era que no lo invitara después de la fiesta del año pasado. Tampoco creía que fuera la mejor idea que Sergio, como estaba ahora, se expusiera a una situación como esa. A mi entender ella necesitaba tener algún tipo de vínculo con su infancia y Sergio era lo que tenía más a mano. Pero no le dije nada.

El año pasado a ella le habían celebrado el cumpleaños en la casa de Algarrobo de la familia de Nicolás Owen, una casa con estructura de madera y piedras que seguía hacia el cielo en una carcaza blanca y tejas rojizas. Cuando llegué con Sergio, dos gigantes en la puerta no nos dejaron pasar. Si no hubiera sido por la oportuna aparición del dueño de casa, que iba entrando con unas cajas llenas de botellas, nos quedábamos afuera. Owen saludó a Sergio amablemente, invitándolo a pasar, y comenzando una conversación sobre la casa. El espacio había sido dispuesto para albergar a mucha gente, sesenta o cien personas. Todos los objetos frágiles o valiosos habían sido guardados, incluyendo varios cuadros, cuya ausencia dejaban ver el color original de la pintura de la pared. Sergio hablaba con Nicolás Owen mientras extraían las botellas, las dejaban sobre la mesa y servían vasos llenos a los pocos que ya habían llegado.

Las diez personas que estaban ahí subían y bajaban las escaleras. Vi a Sergio buscando nerviosamente con la vista hasta que preguntó por la cumpleañera. Denisse venía desde Santiago. Nicolás dijo que la tuvieron que convencer, porque no quería celebrar su cumpleaños y prefería quedarse en su casa con Guillermo Li Pérez. Sergio empezó a elucubrar que eso tenía que ver con su signo zodiacal. Yo arranqué escaleras arriba. Ahí me topé con unos compañeros de curso, con los cuales no quería entablar conversación.

—Miren quién está aquí —gritó Salvador Stäbler.

—La Marrana Fuenteseca —dijo Tito Álvarez. Parecía imposible que a un tipo tan musculoso y grande le dijeran «Tito». Me llamó la atención que Stäbler le golpeara el brazo.

—¿Ahora te dicen qué hacer? —dije yo entre dientes mientras trataba de pasar.

—No se puede subir —Stäbler me agarró el brazo—. Hay que saber la contraseña.

Bustos golpeó la baranda como si fuera una puerta.

—¿Quién es?

Mi indiferencia se notó impostada y mi candidez me delató con un rubor tipo Heidi que se me subió a la cara.

—Entonces no puedes subir —dijo al fin Álvarez.

—Si igual no le hace —se notaba el esfuerzo que había hecho Esteban para proferir esa frase que iba

27

supuestamente en mi defensa. Me sorprendió, siempre había creído que era un tipo sin personalidad.

—Pero ella puede ser paco —dijo Tito.

Stäbler se acercó a mí. Mucho. Tenía rico olor.

—No, no es.

Pasé por su lado sin decir nada. Sentí curiosidad.

La casa era grande. Abrí la primera puerta, era el baño. La segunda tuve que cerrarla rápido: vi a las amigas de la Denisse, las que le habían organizado la fiesta, mirando una televisión desde donde sonaba música. Fumaban una pipa de agua que infestaba el lugar con su neblina. La tercera puerta estaba abierta y la pieza solitaria. Ahí, sobre una mesa larga, había un computador y dos azucareros. Los abrí automáticamente. Me chupé el dedo, lo metí. No era azúcar. Entró Stäbler a la pieza.

—No hagas eso —me dijo afirmándose sobre el marco de la puerta. Parecía una línea de diálogo sacada de una película de bajo presupuesto.

—¿Me vienes a vigilar? —salté. Sin querer le había seguido el juego.

Tomó la tapa del azucarero de mi mano y lo puso en la mesa.

Abrió un frigobar que había en el lugar. Saqué una de las tantas botellas de agua. Stäbler abrió el otro azucarero, había unas cápsulas. Se puso una en la boca

28

y me extendió otra a mí. Me la tomé con el agua. Sobre la mesa, hizo unas líneas.

Aspiró y me pasó el tubito. Yo limpié la parte que él se había metido a la nariz. No quería demostrar que esto nunca lo había hecho, y no fue difícil. Pasó su mano por el resto del polvo y se lo pasó por los dientes. Hice lo mismo. Me senté en un sofá y empecé a hacer cosas con las manos, como si alguna vez hubiera tocado batería. Conversé con Stäbler, luego con algunas otras personas que llegaron hasta esa pieza. Todos se echaban cosas a la boca y hablaban fuerte. No dejaba de tomar agua, luego cerveza. Así estuvimos mucho rato conversando. Esa vez me impresionó todo lo que Stäbler sabía sobre poesía y música clásica. Nunca pensé que a él le gustaran esas cosas. Me dijo que había sido gracias a la influencia de su abuelo, pero ahora que se murió no le interesaban esas cosas. Dijo: «Son palabras, puras huevadas que se funden con la bruma». Mi cuerpo, desacostumbrado al alcohol y las drogas, se dio cuenta lentamente de que estaba hablando con el tipo que barría el piso con Sergio, el que le había destrozado el hombro. Era hábil. Me paré de repente, en vaga posesión de mis facultades, y salí de la pieza. Stäbler estaba en la mitad de una frase.

Busqué a Sergio desde la escalera. No sabía cuánto rato había pasado, la casa estaba repleta de gente y apenas se podía pasar hasta la cocina. Había tres personas

29

que bailaban torpemente. «¿Acaso no saben que eso ya no se hace?», dije a la pasada. Miraba las caras con indiferencia; recuerdo haber sentido entonces un amor incontenible hacia mí. Detenida entre la gente, se me coló un pensamiento: los años en que iba a jugar a un parque, un campo de juegos para niños grande y cercado. Jugábamos fraternalmente hasta que un día un niño con un nombre singular y cara de oso grizzly se hizo famoso por sus cachetadas de niño retardado. En poco tiempo logró formar una banda de niños uno o dos años menores que él, quienes lo seguían formados hacia atrás en forma de uve. Trataba de hacerme el ánimo de entrar a la casa de muñecas y jugar al papá y a la mamá, o integrarme a las rondas, pero para eso se necesitaba una relación especial con una mujer obesa que precedía a las niñas. Así que a veces caminaba por senderos poco concurridos, mientras me miraba los pies. En una ocasión me encontré frente a frente con la banda del oso grizzly. Recuerdo la cara de cachetes caídos del líder ocupando todo mi campo visual, muy cerca de mí, odiándome. Tenía sus brazos en la cintura, trataba de ser amenazante, movía sus labios. No me acuerdo de haber sentido miedo, si acaso le contesté con tanta normalidad que la cachetada que recibí me hizo dar vueltas como un trompo. Me dejó sin habla y en el suelo por la sorpresa. De lo que sí me acuerdo es de haber respondido a las preguntas que me hacía la mujer obesa, sintiéndome al fin segura. También me acuerdo de cómo ella no le dio importancia al asunto y ese mismo día premió a ese mamífero con una estrella roja en una tabla fabricada especialmente para estimular al niño malo.

La búsqueda de Sergio entre la gente de la fiesta me mantenía ocupada. Chupando mi botella de agua, caminé hacia el patio y recorrí los senderos. Su cara se confundía con las que había efectivamente en los escondites. Entre los eucaliptos, los peumos, los jacarandás, los poyos, fuentes y arbustos en vez de Sergio se me apareció Stäbler de nuevo, una cara perfecta, hermosa incluso. Estaba solo y él así me daba más miedo que cuando estaba con sus amigos. Lo vi mover los labios, decir algo, adelantar las manos, tomarme la cabeza, acercar su cara, respirar sobre ella, poner sus labios abiertos contra los míos, dejarlos ahí un tiempo, tocar mi nariz con su boca, echarse hacia atrás. Le tomé las manos y me las quité de encima, con menos fuerza de lo que hubiera creído. Caminé hacia la casa trastabillando. Pasé entre por lo menos cuarenta personas, subí al segundo piso, aspiré más. Había caras vueltas hacia mí, creo. Bajé las escaleras. Tomé un vaso de cerveza de un solo trago. Me serví otro. No había comido nada desde hace mucho rato, pero lo que había sobre la mesa me dio asco. Un tipo me empezó a conversar, su amigo se nos unió. Me reí de sus peinados cuidadosamente desordenados. Entonces lo vi.

31

Sergio esperaba mi respuesta mientras tomaba su café. No sabía qué decirle. Yo tragué lo último de mi pan con queso.

—Cuando era chica fui en el auto de la Guerra al cumpleaños de una niña que usaba una parte del pelo tomado con un elástico fucsia en la corona de su cabeza. Otras veces usaba un moño al lado. Yo no era muy amiga de ella, pero como vivía cerca de nosotros a veces la mamá de la Guerra nos llevaba a todas a nuestras casas. En el cumpleaños lo estaba pasando mal, así que me fui a jugar Nintendo. De repente empecé a escuchar unos gritos en el primer piso. En la cocina había veinte niñas paradas frente al refrigerador, algunas se tapaban la cara con las manos, otras daban unos chillidos parecidos a los de un ratón. Una me dijo que algo había allí, dentro del refrigerador. Las niñas gritaban más, pero no hacían nada. Estaban sorprendidas, fascinadas, pero sólo se escuchaban sus buajs y qué asco. Me metí entre el perfume rosado de las niñas. El refrigerador estaba vacío y era de un blanco reluciente, como si se hubiera encendido un foco sobre mi cara. Desde el fondo del refrigerador se distinguió de repente una mancha negra, un ser que ninguna de nosotras había visto antes. Una cría de murciélago, no sabíamos cómo, se había metido en el refrigerador de la Tobar. Se reían del animalito asustado. La Tobar daba unos saltitos desesperados. La escuché decir «hay que

32

matarlo» y se lanzó a buscar un insecticida. Yo alargué mis brazos y tomé al murciélago. Estaba muy frío. Las niñas estaban calladas, incluso se aguantaban la respiración. La Tobar empezó a gritar de nuevo y apretó el spray que, en parte, me llegó a mí. Caminé hacia fuera, las garritas del murciélago me pinchaban las manos. Entre las vetas brillantes vi lo que podía ser un ojo moviéndose sin parar, como el de alguien soñando. Las niñas, ahora atrás mío, se reían nerviosas. Llegué hasta la calle, me subí a una banca y apoyé el pie en el tronco de un árbol. Quise dejarlo protegido entre las ramas y la sombra, pero el animal se aferraba a mi mano y mostraba unos dientes dracúleos. Al fin lo sacudí. Todas nos quedamos ahí, fieles frente a la aparición. No se habló de otra cosa a lo largo de esa tarde. Tampoco dejaban de hablar de mí y de mirarme desde lejos.

—Si no quieres ir, no me restriegues en la cara lo que pasó el año pasado.

No sabía cómo recordarle que en la fiesta de cumpleaños del año pasado yo había tenido que parar sus gritos ensañados hacia Álvarez, levantarlo cuando le pegaron, limpiar el vómito que desparramó en la alfombra de Owen y cargarlo hasta la playa para que se le pasara. Tampoco le dije que lo hice con gusto. Que le limpié la boca, que le di agua toda la noche y un beso en el cuello cuando él ya estaba borrado.

33

2

El jueves en la tarde pensé en ir a ver al viejo. Era una persona solitaria, ya sus amigos habían muerto y poca gente lo aguantaba. Estuve parado frente a él un buen rato. Me miraba confundido, sin saber si era su hijo, su nieto o él mismo en otra época. Finalmente dijo «Asiento, joven».

La conversación fue difícil. Él estaba viendo un programa de noticias que intercalaba con el canal español donde había una mujer gritona que trataba de moderar una discusión y miraba todo con la boca un poco abierta. De un momento a otro, una de las participantes del programa se lanzó sobre su interlocutora, las otras tres discutían y no pasó mucho rato para que se empezaran a empujar ellas también. Finalmente, las cinco estaban en el suelo. Yo me reí. Mi abuelo, sentado frente a mí, se dio vuelta, serio, y apagó el televisor. Mientras refunfuñaba algo que no entendía se sentó en un sillón, tomó sus anteojos, un libro y se puso a leer. Al rato me miró por encima de sus anteojos. Me vio nervioso, callado y aburrido. Con su acento me preguntó si acaso yo no leía. Le dije que no con la cabeza y me preguntó si acaso tampoco hablaba. El viejo me lanzó un libro grueso que no alcancé a agarrar y luego otro libro pequeño: uno era un diccionario y el otro una versión bilingüe de poemas de Hölderlin. Así fue como empecé a aprender el idioma que hablaba mi abuelo.

Mientras traducía, el viejo me vigilaba. Su piel en esa parte alrededor del ojo se empezaba a poner colorada. Entre más me miraba, más roja se ponía. Mi abuelo tenía un segundero en su piel. Me tomó un poco más de seis meses lograr una traducción aceptable de un solo poema de Hölderlin. Ahora que lo releo pienso que mi abuelo me lo dio a propósito. Elegí el poema «Heimkunft/An die Verwandten» porque era el que más anotaciones tenía a los lados y algunas palabras tenían posibles traducciones con una letra manuscrita que no era la del viejo. Durante tres meses leí el poema una y otra y otra vez. Cualquier espacio libre que tenía iba a la casa de mi abuelo, me sentaba en la misma silla frente a la cual encontraba todo tal como lo había dejado. Después me empecé a llevar los libros conmigo, resolvía acertijos poéticos en cualquier parte, en la micro, mientras veía televisión, en clases. Mientras Carmona hablaba sobre el siglo XIX y Giuseppe Garibaldi, resonaba en mi cabeza «Drim in der Alpen...» como una cancioncita. Comencé, incluso, a faltar a la práctica de fútbol por llegar a estar

38

un par de horas más con ese poema, en ese espacio, el mío y del viejo.

A veces, como si el viejo escuchara mis pensamientos, decía «Was der suchest, es ist nahe, begegnet dir schon». Me obligaba a volver al poema, buscaba el verso y me cercioraba de que no tuviera ninguna relación conmigo si era antecedido por «Freilich wohl! Das Geburtsland ists, der Boden der Heimath». A primera hora de la mañana iba a la biblioteca a mirar un Atlas. Tracé un círculo en el sector que limitaba con Lombardía por el sur. Ese mismo día Carmona habló sobre las guerras de unificación. En la siguiente visita a la casa de mi abuelo le dije que había algo en el aire. «Es la nube», me respondió, haciendo una clara alusión al poema. Me incentivó a buscar las alusiones a la naturaleza. Al lado de las palabras impresas, las escritas a mano decían que en una singular concordancia con la ausencia factual de un Él, la naturaleza, el territorio, la tierra, olían a sagrado.

Esa noche pasé tiempo solo en mi pieza sin poder quitar de mi cabeza el «Drim in der Alpen» y el «Freilich wohl» tal como había salido de la boca del viejo. ¿Podía la palabra tener esa fuerza? Siempre la consideré banal, pasiva, pero en ese momento me hallé sofocado. Sucedió que los días siguientes no me atrevía a hablar y eso que siempre me consideré un talento para la persuasión. Pero ahora la palabra me enfrentaba. ¿Acaso la palabra no se desvanece en el aire? «Es la nube». Es como si se atreviera a estirar el tiempo, como si la búsqueda a la que se refiere el poema no estuviera en otra parte que en el sonido de las palabras que retumbaban como ecos de campanas adquiriendo simultáneamente voluntad propia. Era la nube.

Unas semanas después hallé los siguientes versos: «Aber das Beste, der Fund, der unter des heiligen Friedens/Bogen lieget, er ist Jungen und Alten gespart». La casa de mi abuelo, entonces, adquirió un sentido especial: estar entre esas paredes era como ser mecido en una cuna. Esa tarde mi abuelo leyó de un cuaderno: «El tiempo del hallazgo es la edad del mundo en que falta un dios». Remecido hasta despertar, me perdí y me encontré. Mi abuelo me debe haber visto, porque me dio unos golpecitos en la espalda con su bastón sin pararse de su silla. Me dijo que no me exaltara.

Le contaba a Esteban en una esquina del patio, por detrás del quiosco, lo de mi abuelo. Él se hacía el indiferente, pero me escuchaba, así que estúpidamente me puse a recitar algunos de los versos que me había aprendido. No me di cuenta cómo le había cambiado la cara cuando miró por sobre mi hombro, unos momentos después unas risas me alertaron. Álvarez se acercaba tapándose la boca con el antebrazo, que luego puso en mi espalda. Me mostraba a sus amigos mientras mascullaba

40

algo como maraca. Más tarde entré al camarín con la cara de Álvarez aún penándome. Cuando lo vi, sin contenerme lo agarré y lo lancé contra la pared, le pegué una, dos veces. Iba por el tercero cuando alguien me tiró hacia atrás, lo que le dio tiempo a mi contrincante de ponerse en guardia. Me botó al suelo, me dio dos patadas, una en las costillas y otra en las piernas. Me levantó y me lanzó contra las perchas. Sentí como una se me enterraba en la escápula. Luego Álvarez y Bustos se tiraron encima mío. Después se fueron a entrenar. Yo me quedé allí, tirado, con la cabeza saliendo desde el camarín hacia el pasillo, tal como me habían dejado después de arrastrarme por todo el suelo mientras animaban al resto a que dejaran sus pies marcados en mi cuerpo. Por casualidad uno de los más grandes me vio y me ayudó a llegar hasta la enfermería. Me enviaron directo al hospital en ambulancia.

Fui al colegio dos semanas después con una costilla a medio sanar y varias heridas en la cara, los nudillos y las piernas. En la sala de clases mis compañeros me miraban y trataban de decirme cosas alentadoras, nada de las burlas que esperaba. Esteban me dijo que la pelea había sido toda una hazaña. Mi sorpresa fue inmediata, más aun cuando en el recreo Álvarez se acercó con un ojo en tinta a pedirme perdón. El que me había ayudado en el pasillo del camarín me miraba, estaba entre varios

41

amigos, todos muy altos. Él era el más bajo y miraba la escena sopesándola como director. Nos dimos la mano con Álvarez y el grupo que observaba se empezó a dispersar. Yo levanté un poco mi mano buena para saludarlo, pero él no me devolvió el saludo. Antes de que se fuera, le dije a Álvarez que si no lo hubieran ayudado seguro que yo le sacaba la cresta.

Unos días después de ese incidente, todavía con algunos parches sobre los nudillos, pedí en la biblioteca los anuarios de los seis últimos años. Ahí lo vi: se llamaba Ignacio Donoso. Hace seis años, en octavo, no era más que un niño flaco y enclenque que usaba el pelo hacia atrás y hacia el lado. Le venía a los anteojos que le daban un aire intelectual y medio oscuro, y a su ropa impecable. En una foto lo cubría un chaquetón un poco más largo y suelto de lo normal, casi hasta los tobillos. No pude encontrarlo en ninguna otra página de ese anuario. Dos años más tarde el cambio era notorio. Su cuerpo estaba más grande y fuerte. Su pelo estaba cortado casi al ras. Su cara de suficiencia no se le había ido, pero había adquirido un gesto un poco cínico. Dos años después de esa foto de niño enclenque, Donoso aparecía en las fotos de los equipos de atletismo y natación. En el anuario siguiente aparecía con la cinta de capitán de los equipos de fútbol y rugby. Ese año descubrí una foto única: en medio de la multitud disfrazada, en medio de volutas,

42

serpentinas y challas, entre el alboroto, la mirada de Ignacio estaba serena y concentrada. Disfrazado con un traje negro, sombrero de copa, camisa morada, humita al cuello, la mano que sostenía el látigo sosegaba a un gigantesco león que se arrodillaba frente a él.

Los días siguientes estuve al acecho. Me sentaba a conversar con Esteban, pero mi mirada siempre buscaba a Ignacio. Difícilmente se lo veía. El respeto que inspiraba su decisión –no salir a exponerse bajo los focos del sol, en la arenilla y el cemento– era perfectamente comprensible: nacía de la repulsión que siempre había sentido por los otros, por su artificial y pasajera felicidad. Mirarlos era casi imposible; había que hacerlo durante mucho tiempo entrecerrando los ojos hasta que los contornos se aplacaran y se volvieran nuevamente invisibles, parte del paisaje. O si no los ojos eran atacados por largas cabelleras decoloradas, pieles expuestas mucho rato al sol artificial, siliconas moviéndose bajo la piel, narices chuecas y vueltas a su lugar gracias a una lima, kilos de cera sacando cada pelo del cuerpo, peluquerías, pedicuras, salones de belleza, gimnasios, probadores de grandes tiendas, sucedáneos proteicos, cremas autobronceantes, píldoras para adelgazar, dietas y zapatos de sesenta mil pesos del cuero de un animal parecido a una sopa en sobre.

A veces veía a Ignacio salir del edificio donde estaban las oficinas administrativas por una puerta pequeña

43

que estaba al final de una escalera que conducía a un subterráneo. Se acercaba a los otros integrantes del equipo que entrenaría en la tarde y, mientras se daban la mano, Ignacio dejaba un papelito blanco en sus manos. Además de los implicados, soy el único que alguna vez lo notó.

La semana siguiente la escena se repitió. Esta vez me había puesto más cerca y pude ver que el papel era más bien un bulto. Mientras trataba de dilucidar qué es lo que estaba viendo, uno de los amigos de Ignacio, uno de apellido italiano, le hizo ver que yo estaba al tanto. Le tocó el hombro y me apuntó. Los dos me miraron. Yo sabía que no debía mostrar interés. Aun así, mis ojos estaban pegados como si fuera una pantalla de televisión. Gracias a la risa de Esteban pude mover la cabeza y traté de concentrarme en la conversación.

Esa tarde me tocaba entrenamiento como todos los jueves. Mientras jugábamos, Álvarez y Bustos se me tiraban encima y, cuando salí de la ducha, me encontré frente a frente con ellos. La loza blanca estaba resbaladiza por el vapor de agua y contrastaba con los cuerpos sucios y vestidos de los dos hombres. Tratando de seguir ejemplos demasiado estetizados, Álvarez trató de amedrentarme inquiriendo sobre lo que había visto. Me acordé de mi hermano Andrés y de las historias sobre cuando jugaba póquer con sus compañeros de universidad. ¿Qué había en los paquetitos blancos que fuera tan dañino? Ignacio Donoso podría estar dirigiendo algún tipo de tráfico. Difícil; eso sucedía todo el tiempo. ¿Qué clase de secreto requeriría los servicios de un mensajero? Peor aún, ¿qué clase de líder era si mandaba al más inepto? Después de esperar más de la cuenta, sólo pude tratar de abrirme camino golpéandolos en los hombros. Álvarez me agarró por detrás y me tiró su tufo en la cara. Traté de empujarlo y se me cayó la toalla. Álvarez me soltó. «Este no sabe nada», dijo.

El viejo me instaba a contarle todo lo que me pasaba en el colegio. Cuando lo hacía, me daba la sensación de que no me estaba oyendo, pero de repente dejaba caer una pregunta absolutamente pertinente, como si hubiera escuchado con más atención que la que yo prestaba para relatar mi historia. Me preguntaba por Donoso a cada minuto, cosas como su segundo apellido, quiénes eran sus padres y sus abuelos, cómo era físicamente. También me recriminaba por qué no le había dicho tal o cual cosa, por qué no le había asestado un golpe.

Una tarde después del entrenamiento estaba esperando en el paradero. En ese mismo lugar estaban Álvarez y Bustos. Esteban conversaba con una compañera de curso. Pasó una micro y todos desaparecieron. Saqué el libro de Georg Trakl que había rescatado de la biblioteca del colegio, donde no había sido tocado por años. Me cercioré de que nadie me viera y abrí el libro en una de las versiones de «Ocaso»:

45

Cuando por nuestro verano vamos por purpúrea oscuridad
Surgen las sombras de tristes monjes ante nosotros.

Cinco versiones de estos dos versos se acumulaban en las hojas. Los «tristes monjes» de la tercera versión eran «alegres santos» en las primeras dos y «ángeles difuntos» en la cuarta; en el quinto desaparecían. Asimismo, el «Áureo verano» se aflige en las versiones posteriores en «purpúrea oscuridad», «nuestra melancolía» y, en la quinta versión, está expresado a través de versos más escuetos. En todos ellos dos hombres, en acto de camaradería suicida, caminan hacia la futura muerte. Pero el último verso avisa que esas almas que van «hacia la medianoche» ascienden. En la segunda versión del poema dice «se vuelve negro el paisaje del alma». Un camino fatal e inevitable o deseado una vez visto. La primera versión se resiste a hablar directamente de la muerte y sólo se refiere al «ocaso del sol». Los dos hombres que «abrazados» se sumergen en «agua azul/ la oscura gruta de masculina melancolía». Camaradería masculina, los «viejos ayeres», recuerdos de antaño, un llamado de los ancestros, de los días felices.

Vi aparecer por el poniente a algunas personas, entre ellos a Ignacio. Guardé el libro, me puse de pie mirando las micros que pasaban rápido. Entre ellas apareció la 217.

46

Me subí, estaba casi vacía. La micro avanzó un poco, pero quedamos parados en la luz roja. Vi cómo Donoso se subía, pagaba su pasaje e iba directamente hacia donde estaba yo. Se sentó atrás mío. Todo parecía inadecuado para dirigirme a él, fuera de lugar. Podía sentir su mirada escudriñándome. Me quedé impasible como si nada de esto estuviera pasando. Dos hombres en camaradería soportando el silencio.

Fui hasta la puerta de adelante. Donoso se bajó por atrás. Me di vuelta sobre mis pasos y seguí por la calle. No lo miraba, pero sabía que él iba acechando a una distancia prudente. La secreta camaradería del zorro y el conejo.

Entré en la casa de mi abuelo, subí rápido y miré por la ventana. Ahí estaba. Prendía un cigarro apoyado sobre un árbol. Vi la cara de mi abuelo al lado de la mía.

—La similitud con Raimundo es notoria, notoria en verdad —fue lo único que dijo.

3

Ellos me miraban, yo a ellos. Tuve que verlos uno a uno para darme plena cuenta de que no era la misma situación de hace más de treinta años, casi cuarenta. No, no era. La imagen que mostraba el vidrio del mueble en la sala del director lo confirmaba: un pelillo blanco sobre mi cabeza rodeado de rizos abundantes y oscuros. A pesar de los muebles enchapados que había en la sala con un agradable olor a viejo no pude evitar acordarme del olor a barro.

Hacía ya un tiempo que había salido del Pedagógico, y había estado dando botes en liceos de Santiago, más bien aburrido, así que cuando me ofrecieron un puesto en el sur, en una localidad rural, me volvió la alegría. Me costó convencer a Clara. Ella me escuchó con paciencia y, creyendo que era su deber seguirme, lo hizo. Dos meses después nos casamos por la Iglesia como quiso su familia.

Llegamos un sábado de febrero por un camino que se asemejaba más a una huella abierta por el paso de carretas y bueyes. Nos detuvimos frente a una casa pequeña que no alcanzaría a albergar la cantidad de cosas que traíamos. Cuando entramos nos golpeó un olor a humedad, a bosta y a sexo. Clara casi se puso llorar mientras sacaba las cajas de libros del camión. Yo la calmé; no me había imaginado otro paisaje. Los vecinos del sector, avisados del arribo del profesor y su esposa, vinieron a ayudarnos, así, entre las mujeres y hombres, terminamos de armar la casa a las siete de la mañana del domingo. Cansada, Clara se echó a mi lado en el colchón y me dio las gracias.

Como las clases no comenzaban sino en un mes más, aprovechamos de armar un huerto. Desmalezamos, pusimos cercas, preparamos la tierra y plantamos papas, tomates, lechugas, zanahorias y algunas otras cosas que nos regalaron los campesinos. Incluso proyecté un invernadero que yo construiría a fines de marzo, con materiales sobrantes que recogería por ahí. Pero olvidé esos planes una vez que vi las condiciones miserables de la escuela. Las sillas y las mesas estaban sobre la tierra, en días de lluvia debíamos ir con botas de plástico y, los que no tenían –cuando hacía calor muchos de ellos llegaban a pie pelado–, se cubrían los pies con bolsas o simplemente se quedaban en sus casas. Todos los cursos se hacían entre las mismas cuatro tablas. La Marta, una mujer que se ocupaba de cambiar el pañal o de dar la mamadera a los pequeños, había organizado la clase en tres sectores de acuerdo con el nivel de los niños, cada

52

grupo miraba hacia una pared distinta. Así, mientras unos hacían las actividades que ella les daba, los otros recibían mis lecciones de historia y mis improvisados conocimientos en matemáticas y castellano. Incluso nosotros mismos tuvimos que organizar algunas clases de deportes. Les hacía practicar cualquier cosa, que jugaran fútbol más que nada, incluso las niñas. Con cada nueva dificultad que se solucionaba, Marta recordaba la falta que les hacía un hombre acá.

El segundo año volví de Santiago antes que Clara con la excusa de preparar la pieza para nuestro hijo, pero la verdad es que el mes que pasamos con los padres de Clara se me hizo insoportable. Apenas podía ver a Matías por las constantes atenciones que le prodigaba su abuela. A pesar de mis insistencias, me quitaba a mi hijo de las manos con una sonrisa indulgente cada vez que trataba de cambiarle los pañales, bañarlo o sacarle los flatos. Clara siempre estaba de acuerdo y se puso imperceptiblemente en mi contra. Me fue revelando de a poco que me culpaba por una vida que ella no había imaginado. Por supuesto, me quiso hacer creer que se quedaba porque su mamá le estaba ayudando a tejer cosas para todo el primer año de nuestro hijo. Yo, en cambio, quería volver a mi casa.

Reorganicé una segunda pieza pequeña que habíamos llenado con papeles que me había traído de

Santiago. Pinté la pieza con los tarros que mi suegro se consiguió. Quedó bien, pero era una pieza fría, pelada. No tenía nada más que ponerle, así que un día me fui a la casa del vecino más cercano, don Clemente, un campesino viudo, para preguntarle si tenía algún mueble que le sobrara. Nunca había ido a su casa, así que me impresionó que tuviera una pared tapizada de libros, clásicos en general y muchos libros de historia y economía, todos con las hojas húmedas y polvorientas. En vez de preguntarle directamente por los muebles, esa visita se tranformó en una larga conversación que duró toda la tarde y una noche. Así supe que don Clemente no era tan viejo como mostraban sus arrugas profundas. Me contó que después de terminar la escuela primaria en Santiago se fue a trabajar con un compañero de curso al puerto. Relató algunos episodios con algunos poetas y con los jóvenes anarquistas. De trabajar en el puerto pasó a ser revolucionario. En una manifestación mataron a uno de sus amigos, sólo uno entre tantos jóvenes regados por el piso. Recordaba también los balines de las milicias pagadas por los dueños del puerto, pero no la sangre. Allí aprendió que hay cuerpos que mueren por balas que no sangran. Se subió al primer barco que encontró y allí estuvo escondido veintiocho días hasta que lo encontraron alimentándose de ratas. El capitán del barco lo quería echar, era un tipo rudo que parecía haber

54

pertenecido a una familia aristocrática, pero el marinero inglés que lo había encontrado le dio algo que hacer y se integró a la tripulación. Así conoció Venezuela, Panamá, California, China, islas innumerables, países que no están en los mapas y lugares míticos. Cuando se murió el Tío como le decía al capitán del barco, él se fue con el marinero inglés a recorrer el Oriente próximo, África del Norte, y luego cruzaron hacia España. Don Clemente se quedó, mientras su amigo volvió a Inglaterra. Don Clemente trabajó en un cementerio, en un hotel, en una fábrica de piezas para microscopios, en producción de detergentes y de nuevo en un puerto que describió como muy famoso. Hasta que un día logró comprarse un pequeño barco que le permitía acarrear mercancías. Como había aprendido inglés y griego, y balbuceaba el turco, el hebreo, el árabe y el islandés, además del castellano, pudo llegar hasta donde otros no llegaban. Compraba cosas en el magreb y las vendía en pequeños pueblos de lugares menos exóticos. Así, empezó a florecer su negocio, tal vez demasiado, porque alguien con poder se enteró y le quemó la casa que se había construido en una islita griega. Después lo obligaron a acarrear sustancias ilícitas y contrabandos. Andaba siempre asustado, así que un día vendió su barco y volvió a Chile, directamente al lugar donde estábamos ahora. Convivió con la única mujer soltera del lugar, una mujer madura con la que nadie había querido casarse porque no podía tener hijos. Hace algunos años ella había logrado engendrar, pero niño y mujer murieron en el parto.

Salí de su casa habiendo perdido un día de trabajo, pero con la promesa de obtener los muebles y trastos que se estaban pudriendo en una pieza que hace años no abría. Caminaba en dirección de mi casa, alucinado con sus palabras, borracho por el vino y despierto por el primer calor del amanecer. A mitad del camino no pude evitar sentir que me habían metido el dedo en la boca. Estaba detenido en medio del camino de tierra cuando escuché unas voces, risas, ruidos y ramas, no distinguía si era un pájaro o una mujer. Me acerqué hacia los arbustos que estaban detrás de unos alambres, los crucé y caminé silencioso. Pisé un palito justo cuando los ruidos se escucharon más fuerte; unas bandurrias salieron volando. Esperé. Ya no se escuchaba nada, tampoco se veía nada. Me di la vuelta, desilusionado.

Salía por entre los alambres cuando escuché el chillido de nuevo: era claramente una voz humana. Erguí la cabeza antes de tiempo y me arañé la coronilla con una de las puntas del alambre de púa. Mi cuero cabelludo sangraba, me di cuenta más tarde, cuando la costra apelmazaba mi pelo. No grité. En cambio, me acerqué y miré por los arbustos. De repente una pierna

56

y otra de un cuerpo diferente: cuatro piernas. Piernas flacas, desnudas, pantorrillas de niñas. Dos cuerpos, manos, cabezas. Dos bocas, una muy grande y otra muy pequeña, juntas, y sólo una mano que las separaba. Entre las hojas, reconocí a una de las niñas que iba a la escuela, tenía nueve o diez años. A la otra le veía sólo parte de su mejilla, la boca y todo su pelo negro. Se veía mucho más grande al lado de mi alumna. Se decían cosas que no alcanzaba a escuchar. De pronto la mayor quitó su mano y las bocas se juntaron; la menor abrió los ojos. Se quedaron ahí durante lo que me pareció mucho tiempo. Miré a ambos lados del camino, no venía nadie. La mayor le tocó el cuello a la menor, se separó de sus labios y ambas miraron cómo la mayor abría los botones de una blusa blanca que dejaba al descubierto un pecho plano que se movía hacia arriba y hacia abajo nerviosamente. La boca grande bajó hasta el botón rojo. Chupaba mientras continuaba abriendo la blusa hasta abajo. Continuó sus besos hasta que metió su mano por debajo de la falda celeste. La mayor decía algo. Luego ella misma, sentada a horcajadas sobre la falda celeste, se sacó la polera. Sus pechos se desparramaron como los de una mujer. Se empezó a tocar las puntas rojas, cerró los ojos y empezó a agitarse sobre el cuerpo tieso de la menor que chillaba. No le importaba que alguien –que yo– la pudiera escuchar. De repente la menor se lanzó hacia un

57

lado, se paró, le pegó una patada a la otra niña como si fuera un perro, y salió corriendo en mi dirección. Ciega, corría con la blusa colgándole desde la cintura. Yo me tiré hacia los arbustos. ¿Me había visto? Me arrastré hasta la reja, la crucé y ni el miedo a ser visto me quitó la erección. Vi a la niña pequeña corriendo hasta el fondo del camino. Volví a mirar, esta vez desde más lejos. Vi a la mayor con la mano entre sus piernas. Se retorcía. Una figura humana apareció en la curva, un hombre. Salí al camino y anduve. El hombre se acercaba hasta donde estaba la mayor. Yo miraba hacia atrás, pues quería asegurarme de que el hombre pasara al lado de la niña sin verla. Me senté tras una fila de zarzas que me permitían ver donde estaba la niña del pelo negro y que a la vez harían posible que me fuera fácilmente por los campos hasta mi casa sin ser visto por el hombre. Él se paró como si supiera dónde, cruzó la reja y se paró en el mismo punto donde yo había estado hace algunos minutos. Estuvo quieto. Yo me levanté impaciente. Caminé decidido a ir hasta allí. Luego dudé: me había visto hacer lo mismo, pero existía una posibilidad de que no supiera que quien miraba era yo. Si iba, él sabría que era el profesor. Además, ¿era ella realmente una niña? Pensé en Clara, que llegaba la próxima semana. Pensé en que era un invitado en ese lugar. Me di vueltas y caminé hasta mi casa.

58

Esa semana terminé de arreglar la pieza para Matías con las cosas que finalmente me dio don Clemente. Pasé por ese camino muchas veces. No me atrevía a mirar de nuevo por entre las zarzas. No hice nada. A veces creí que si miraba podría ver de nuevo. Otras, que ese hombre, el que entró en los arbustos, debía haber sido yo. Cada vez que el viejo me hipnotizaba con una de sus historias me lo preguntaba, y cada vez encontraba una razón en el reflejo de la madera de la mesita oscura que reparé para mudar a Matías.

Finalmente llegó Clara. Me había echado de menos, decía, y juró nunca más dejarme, como tampoco permitiría que su madre interfiriera en nuestras vidas. Se dio un baño que yo le preparé. Mientras ella estaba dentro del agua, yo cargaba a Matías. No paraba de hablar, me ponía al día sobre lo que le había sucedido mientras estábamos separados. Se disculpaba, haciendo sonar el agua. Yo escuchaba a veces, le miraba sus piernas flacas y la guata que le había salido por el embarazo. Después de dejar a Matías durmiendo le hice el amor. Clara se puso a llorar antes de irnos a dormir, aún disculpándose, hasta que se quedó dormida.

Al día siguiente llevé a ella y a Matías a la casa de don Clemente e insistí en que contara de nuevo lo que me había dicho la primera noche que estuve en su casa. Lo escuché con atención, sopesando las verdades de las

59

mentiras. Clemente contó todo de manera tan similar que la otra vez, casi con las mismas palabras, que no pude comprender si era porque lo había vivido o porque se lo había memorizado.

Esas semanas pasaron apaciblemente. Encontramos los tres un equilibrio familiar: yo trabajaba en el huerto, Clara en la casa. Ambos atendíamos a Matías. Yo pasaba horas con él, mostrándole cómo iban saliendo los tomates. Por las noches íbamos a la casa de don Clemente o él venía a la nuestra. Luego volví a trabajar en la escuela. Una vez más recorría temprano el camino de tierra embarrado de rocío matutino. Ahora la sala tenía una capa de estuco que habíamos preparado nosotros mismos. Esperaba que llegaran los alumnos con sus chalas de caucho, sus ropas remendadas, los chalecos sueltos, a pata pelada, asustados, cansados y aburridos. A ninguno le gustaba estudiar, les costaba aplicarse y escribir aun más. Cómo hacer un juego para practicar la patita de la a, el dos por dos y la historia de Chile. Con pajas rellenábamos sus ponchos y abrigos para actuar las batallas, mientras ellos hacían de jóvenes antiguos de Santiago, mártires mapuches, españoles, héroes o traidores. ¿Dónde habían sucedido esas cosas? Íbamos al mapa. ¿Cuándo? De nuevo, empezábamos a contar los años: a Cristo todos lo conocían, a Lautaro lo olvidaban rápidamente. A la misma niña asustada que

60

yo había visto entre los matorrales le gustaba repetir una historia que le contaba su abuela, relatos que convivían con aparecidos y brujos. El frío llegaba y los pies seguían pelados. Les presté mis propios calcetines y luego le pedí a Clara que tejiera algunos, que por las tardes guardábamos en una pieza que servía de bodega bajo llave. A veces calentábamos agua para una tisana de hierbas que los niños sacaban a unos metros de la puerta (menta, orégano, lavanda), o llenábamos guateros para complementar la falta de leña seca. Cada vez venían menos alumnos. Menos que el año anterior, menos que cuando hacía calor, menos que en la época de cosecha. En primavera había recambio, algunos partían a trabajar y otros llegaban. Algunos se asomaban un día y otro no, los mayores ya no aparecían. El orden que la Marta había hecho en la sala se tenía que rehacer cada día, según quienes vinieran. Pero se descalabró como nunca cuando llegó la niña de los setos, la mayor, con una camisa rosada debajo de un uniforme de colegio. La Marta la reconoció de inmediato por su nombre: María. Yo sólo la vi tal como se había mostrado ese día en el campo: sus ojos cerrados, la boca y los pezones. La sangre de nuevo bajó de golpe. Dejé que la Marta la ubicara, pero era yo quien debía dedicarme a ella. Fue la palabra que usó Marta: dedicarme. Me dijo que la niña mayor había estado en Concepción. Más tarde me

61

dijo que iba y venía de la casa de su mamá a la ciudad, donde iba a veces a trabajar en casas, pero nunca duraba mucho. Era incontenible, me dijo la Marta, como si no hubiera conocido costumbres, modos de ser. Es porque la mujer campesina, las casas patronales, decía, recibían pésimos tratos de los hombres y eso debía terminar. La ciudad era peor, continuaba, las campesinas en las casas eran tratadas como esclavas. Por eso a ella le gustaba María, porque era incontenible.

Marta la mandó a llamar. Me la presentó. La dejó frente a mí, muda, para que le improvisara un cuaderno de papel e hilo, para que la pusiera al día, para que la sentara en alguna parte, para que escribiera y no hiciera dibujos. Llené el espacio de preguntas para evitar los pensamientos que me habían acompañado las tardes en el huerto, en la pieza con Clara, en el camino a la escuela, al lado de los matorrales.

La niña menor era un cúmulo de tristeza, delicadeza y pequeñez. La mayor, en cambio, era puro arrebato; era imposible no mirarla. Yo debía dictarles cosas para que practicaran la escritura, debía contarles cosas sobre la historia de Chile, les hablaba sobre las mujeres de los conquistadores, sobre las brujas y los aparecidos sólo para ver a la pequeña dirigirle la palabra a la mayor, pero ni una sola mirada. La menor sabía escribir y me ayudaba con los que no sabían. Una vez le pedí que me ayudara

62

con la niña mayor, pero no quiso. Y cuando la obligué se puso a llorar hasta que Marta tuvo que sacarla de la sala para consolarla.

—A veces uno no sabe lo que pasa con ellos —me dijo—. Somos extranjeros.

Una noche en la casa de don Clemente se nos ocurrió empezar a hacer reuniones con los campesinos de la zona. Por la noche nadie usaba la sala de clases y podríamos establecer allí una cooperativa. Yo sabía que a otras comunas estaban llegando delegados que los organizaban, pero propuse a la central hacerme cargo yo mismo; seguramente nos llegarían fondos. Pensé en un piso de madera, en una cama nueva para Matías con las tablas que sobraran. Así que recorrí lo que dieron mis pies, invitando a cada una de las familias los viernes por la noche a reunirse en la escuela para empezar a hablarles de nuevas ideas, para encontrar fuerza como organización. Redacté un informe que envié a Santiago con mis intenciones y solicité libros para empezar una nueva biblioteca. Cuando le conté a don Clemente de mis cartas, se rió.

La primera vez que nos reunimos, Marta había conseguido que algunas mujeres hicieran pan, trajeran queso o mantequilla y trajeran vino nuevo. Muchos llegaron por eso; lo tomaron como una reunión social y a mí no me importaba. Yo aproveché para hablarles de lo que me interesaba. Ahora que soy viejo y miro hacia atrás, los entiendo: era un niño y quería darles lecciones. En esa reunión se reveló otra parte de la naturaleza de don Clemente. El viejo intervino como un mago, les hablaba como un igual a la vez que infundía en ellos autoridad. Los tenía a todos embelesados, se reían con sus bromas, asentían a sus afirmaciones, decían ¡salud! cuando estaban de acuerdo con algún problema sobre el que acotaba. De todas maneras, muchos de ellos desconfiaban de don Clemente, de que un hombre casado no hubiera engendrado hijos, de un extranjero, murmuraban. Atacaban a don Clemente por acontecimientos de antaño y luego a mí por traer a Clara a la reunión. Esos temas no se hablan frente a una mujer, decían. Clara se enojó y no pudo evitar hablarles con cierto dejo de superioridad. A mí me emocionaba ese clima de discusión, de enfrentamiento y desastre, hasta que algunos se reunían en algunas esquinas a mirarnos con recelo. Muchos se fueron pronto. Los más jóvenes volvieron el viernes siguiente, para escapar tal vez del aburrimiento o, como quería pensar entonces, reaccionando frente a las palabras de un joven profesor y un viejo alucinado.

El grupo fue adquiriendo, tras unas diez reuniones, un núcleo sólido que siempre asistía y al cual fuimos asignando responsabilidades. Los que sabían escribir,

64

escribían; a los que les gustaba moverse, recababan datos sobre la comunidad, y los que iban a Concepción, buscaban grupos como el nuestro. Entre todos, nos encargamos de hacer llegar a toda la comunidad las resoluciones de la junta.

Don Clemente era el orador principal y, a pesar de que era yo quien elaboraba los discursos, él siempre se las ingeniaba para que mis ideas mutaran en un anarquismo pasado de moda. Empecé a prepararme para hablar yo mismo. Mis intervenciones incentivaron a que otros campesinos se atrevieran a dar su parecer. Sin embargo, a medida que la discusión se hizo un hábito, se hacía más difícil llevar a cabo las tareas importantes. Nos ensarzábamos en interminables discusiones. En estos momentos, inducidos tal vez por la efervescencia del grupo, fabricábamos las ficciones más inverosímiles para obtener lo que considerábamos nuestro. Clara, que asistía a algunas de las reuniones, miraba esa efusión con distancia. Se aferraba a Matías y se iba a dar una vuelta por el pastizal del frente. Y luego, cuando volvíamos a la casa, apenas hablaba, y su silencio seguía hasta que nos acostábamos. Yo empezaba a hablar de nuevo mientras desde sus ojos cerrados su cara se llenaba de agua.

Clara dejó de ir a las reuniones los viernes. Empezó a reunirse con las mujeres los martes, aprendiendo a tejer y enseñándoles las nuevas técnicas de teñido natural y métodos de conservación de los alimentos. Yo me comprometí aún más con la cooperativa. Ya no tuve tiempo de rehacer el huerto en primavera: entre los informes, las reuniones, las resoluciones, las puestas en marcha, las aclaraciones, las peticiones y las clases, estaba enfebrecido, tanto así que no nos fuimos a Santiago de vacaciones ese verano.

La niña mayor se presentaba a las clases sólo uno o dos días a la semana. A veces se notaba que pasaba días sin bañarse, y Marta tenía que llevársela hasta su casa para meterla al agua y restregarle la tierra de los pies. Marta solía hablarme de María, de a poco se había convertido en su tema favorito. Yo trataba de contestarle con frialdad, pero el sonido de su nombre invocaba las imágenes que ya se habían acostumbrado a habitar en mi cabeza, los movimientos entre las plantas, las ramas, los pájaros, el miedo, la emoción, la erección. Los recuerdos habían adquirido vida propia y solían ejecutar acciones que no había visto ese día; ciertas miradas que se complementaban con lo que de ella veía en las clases, en los espacios de recreo, mientras comía, en la manera como tomaba el lápiz y miraba concentrada el cuaderno.

Marta sospechaba que la niña mayor se iba a escapar de nuevo, tal como lo había hecho a lo largo de los últimos años. Su mamá, decía Marta, le había contado que ya apenas dormía en la casa, que no sabía dónde comía y que no tenía idea cuándo iba a la escuela o a la ciudad. Marta creía que dormía por los campos (detrás de los setos, entre las ramas). Se rumoreaba que alguien se estaba robando las vacas de la cooperativa y Marta pensaba que era ella (sus manos sobre las puntas oscuras). Después proseguía: era ridículo pensar que ella descuartizaba a un animal que tenía unas dimensiones diez veces superiores a ella (la niña mayor tocaba la carne), drenaba la sangre (sus labios rojos chupando) y se la comía haciendo fuego (entre las ramas, detrás de los setos, una pierna). Pero luego decía que cada vez estaba más gorda (sus tetas se desparramaron como las de una mujer adulta). Marta me miró: tal vez alguien estaba dándosela (restregaba la pelvis contra el cuerpo, contra la silla, contra esa pierna).

Los robos se discutieron en la reunión del viernes. Nadie sabía nada, eso dijeron con un silencio. La sala había quedado con un desorden del que tuve que hacerme cargo yo. Algunas sillas se habían roto y debía repararlas con algunas de las herramientas que se estaban pudriendo en una bodega que habíamos improvisado, cuyas tablas no habían soportado los embates del invierno y ahora tenían amplias separaciones que poco servían contra la humedad. Ni siquiera cuando estuve pegado al candado escuché los sollozos. Sólo una vez que estuve adentro me percaté. No me asusté: parecía un perro herido. Busqué entre los fardos, las cajas, las herramientas oxidadas y los trastos viejos. Sólo después de un rato pude ver que a sólo pasos de distancia estaban, iluminados por la luz de un fuego, tres de los campesinos que se habían ido temprano de la reunión ese día. Estaban alrededor de unos cajones. Uno de ellos se había ubicado al centro manipulando algo. Me acerqué sin miedo, pero vi el reflejo de un cuchillo al mismo tiempo que me golpeó el olor a carne. Las vacas, pensé. Más cerca pude distinguir que los movimientos que me habían parecido los de un hombre faenando a un animal eran los de un hombre haciéndole el amor a una mujer. Me detuve. Los otros dos campesinos los miraban. Uno de ellos tenía los pantalones abajo. El otro se mantenía inmóvil. El primero empujó al que estaba dentro de la mujer. Por un momento alcancé a verla en escorzo, tendida sobre unos grandes cajones: su entrepierna abierta y la ropa oscura arrugada a la altura del estómago, las tetas de mujer, el pelo negro de la niña mayor. El campesino que tenía los pantalones abajo se ubicó frente a ella y comenzó a descargarse violentamente en la entrepierna de María, que empezó a sollozar. Creí que le hacían daño, el hombre le agarraba la teta con fuerza. Me iba a acercar, pero la mano de María arañó el pene erecto del tercer campesino. Abría su boca. El

68

campesino se subió a los cajones y lo introdujo de una sola vez. Di un paso. El que se había sentado dijo: el profesor. Los dos hombres miraron hacia atrás y se detuvieron; María en cambio seguía sollozando, como si no hubiera pasado nada. Nos quedamos mirando un rato, tres hombres quietos y una mujer movediza. El campesino sacó su pene de la entrepierna de María y se amarró el pantalón. El otro lo intentó en vano, pero María lo sostenía con fuerza y trataba de morderlo. El que estaba sentado con el cuchillo se puso de pie y le pasó el artefacto metálico por los genitales. No me salía palabra. La niña mayor gemía, el hombre jugaba con la punta del cuchillo. Algo dije entonces y me acerqué. Los tres me miraban; con la mirada ida, el hombre chorreó su semen en la boca de María y, como ella continuaba gimoteando, el hombre le dio un golpe en la cara. Váyanse, les dije. De a poco se pararon, amenazadores. Por el bien de la cooperativa, continué mientras el tercer campesino se amarraba la cuerda por sobre el pantalón, no voy a mencionar nada. Caminaron hacia mí. La escuela es un lugar de bien público y esta es una alumna, nunca más quiero encontrarlos aquí, fuera. María se sentó. Uno de ellos mencionó algo acerca del cerrojo. Salieron. Me quedé solo con María. Sus tetas se desparramaban por sobre el estómago, y dos manchas en las puntas se abrían rojas. Después vi un colchón de paja y tela sobre el piso, un plato con carne, algún resto en el fuego. Así que aquí dormía. Tomé una manta y me acerqué a ella. La tapé. Ella me miraba, sus labios se empezaron a abrir, se movía, su mano tocaba la entrepierna. Su cara mutó, los labios se abrían más y más. La toqué. De un momento a otro, ella estaba tirada hacia atrás y yo sobre ella, le agarraba la cara con desesperación. Inserté mi carne en la suya y ella rumió. La di vueltas, ella estaba sobre mí y se movía como aquella vez detrás de los arbustos, pero ahora gritaba. La iban a escuchar los campesinos que recién habían salido. Me levanté y la lancé contra los tablones, traté de mirar hacia afuera por las rendijas, pero la vista era vaga. Le tapé la boca, me rasguñaba las manos. No la dejaba respirar. Empezaba a gritar con desespero, le quité los dedos y chilló. La llevé hasta el cajón de nuevo. Mis manos, unas manos que no parecían mías, le tapaban la cara, se la apretaban, le abrían sus labios y dejaban que le cayera un escupo desde mi boca. Apreté sus tetas hasta que parecían botellas, ahora gritaba con dolor. Le puse mi camisa para ahogar su grito. No dejaba de mirarme con los ojos entrecerrados mientras mi cuerpo se deshacía. Sus piernas se abrían, se abrían más. La arrastré por las tablas hasta el suelo, la subí y la bajé desde las ancas. Sus manos lacias hacia arriba trataban de agarrarse de algo. Cuando le tiré mi semen un sonido ronco salió desde su garganta y el cuerpo se agitó. Quedamos así hasta que

70

cayó un líquido sobre mi pantalón y el suelo de tierra. Me levanté, traté de limpiarme y ponerme la camisa. Estaba babeada. Salí de inmediato, sin decir nada. Cerré la puerta, moví fuertemente el cerrojo. Tomé el viejo candado y lo puse en la traba.

Entré a mi casa, pero no me acuerdo si yo abrí la puerta, si le dije algo a Clara o sólo me fui a tirar a la cama. No tengo muy claro si me desperté de hambre o preocupación por la niña, por el frío que debía hacer de noche en esa bodega; si estuve en medio del camino negro con una de las frazadas que había tejido Clara, escuchando los ruidos nocturnos del campo con miedo; si repasé entonces un recuerdo que siempre se me viene a mi cabeza con ese sonido de la primera noche que pasé siendo aún un niño en una casa de madera luego de que algo se moviera entre las zarzas. Tampoco sé si fue efectivamente el bufido el que causó que mi cuerpo hirviera y se volviera sólido, si acaso vigilaba con los ojos grandes el lugar desde donde venía. Algo creo recordar luego que desde una reja detrás de mí, los ojos de hombre tan abiertos como ciegos aparecieron tanteando con un bastón bajo su capucha oscura. Y que su voz balbuceante se me hizo reconocible al mismo tiempo que el perfil redondo de don Clemente. Ahí vuelven las imágenes claras a los pliegues de mi memoria: el viejo desnudo bajo la capucha tanteando con su mano el suelo, recogiendo

71

algo justo al lado de mi pie e internándose, sin verme, por donde mismo yo había entrado. A veces creo que me acuerdo de mi voz llamándolo y que no hubo respuesta. Luego todo se vuelve oscuro y sólo me acuerdo de mí llegando hasta el terreno de la escuela como un espectador de cine, mis manos lejanas tocando el candado sin llegar a abrirlo, viendo confundido la tenue luz que aparecía entre las rendijas. La figura de la muchacha se presenta ahora como un cuadro inmóvil: su cuerpo sobre un montón de paja, bajo pieles y frazadas de lana. Pero no me acuerdo de algo parecido al alivio ni de qué hice con la frazada. Sólo me acuerdo acostándome en mi cama al lado de Clara cuando ya empezaba a amanecer.

Durante los días que siguieron, si la Marta me pedía algo que requería que fuera a la bodega, yo fingía estar ocupado hasta que ella se olvidaba o simplemente encontraba otra solución. Sin embargo, los alumnos me miraban. Y, pese a esto, no podía evitar echar una mirada de vez en cuando a la puerta, al candado. A veces se me venía encima la imagen de María hambrienta entre las tablas y la paja, entre sus heces. Estaba ansioso por ir hasta allá, pero ¿acaso las mujeres que cocinaban el almuerzo de los niños me miraban de reojo, siguiendo cada uno de mis pasos? ¿Acaso las mujeres que venían los martes y los hombres que pasaban por fuera de la escuela me observaban con desconfianza y no me saludaban porque sabían?

72

Así pasaron los días. Una tarde en que la situación se me hizo insoportable saqué a los niños al patio alrededor de la bodega donde habíamos improvisado una cancha con la excusa del ejercicio. Cuando ya terminábamos y no conseguía más que ver desde lejos la precaria estructura de madera, la puerta de la bodega se abrió. Pero no salió la niña grande, sino un hombre al que no reconocí. Marta me miró y yo me abalancé sobre él. El hombre, empapado de alcohol y sudor, apenas hizo un gesto de desprecio con la mano, emitió un sonido entredientes y pasó por el lado como si nada. Le agarré el brazo, se soltó con violencia. Marta le preguntó algo y él dijo algo como preguntad al extranjero. Lo dejé ir en silencio. Una vez que había desaparecido por el borde del camino, me di vuelta. Todos me miraban, parecían esperar que les dijera algo. Dudé frente a la puerta, así que Marta se logró colar antes que yo. Revisó que no faltara nada, pero se detuvo frente al colchón de paja. Los dos miramos las frazadas apiladas. Marta salió sin comentario alguno. La seguí esperando que llegara a alguna conclusión. Los niños la miraban, yo también. Y luego, prendiendo un cigarro, sólo dijo va a llover.

Los días parecían andar sin novedad. Recuerdo salir al patio cuando esperaba a los hombres para nuestra reunión de la cooperativa y sentir, tener la certeza de que algo andaba mal; era un rumor apenas que venía

73

del bosque, desde los arbustos tupidos que lo cercaban, desde el aire que se respiraba, un murmullo que no se podría decir que fueran palabras. Pero no pasó nada, ni en la reunión con los campesinos ni en la del martes de las mujeres.

La niña grande apareció la semana siguiente. Estuvo en mi clase unos días y actuaba con la misma indiferencia de antes. Yo, en cambio, trataba de no mirarla. Mi voz se entrecortaba cuando debía hablar, el lápiz trastabillaba en mis dedos; se notaba en mis pasos, en cada uno de mis movimientos, debajo de mis pantalones. Una vez que logré definir la tarea que los alumnos debían hacer, me tranquilicé. Suspiré y miré hasta el otro lado de la sala: la mirada de Marta estaba detenida sobre mí.

Por insistencia de Clara partimos a ver a don Clemente la noche del sábado. Yo lo había querido evitar estas semanas y al parecer él también, pues no se había aparecido el viernes. Resultó ser que estaba muy enfermo; nos mostró que se estaba tratando a base de hierbas y de una figurita que le había dejado una mujer. A Clara le pareció incorrecto y se lanzó fuera de la sala a buscar un pollo para hacer un caldo. Yo indagué en cómo se había enfermado, sospechando de la caminata nocturna; evadió la pregunta. En cambio aprovechó de sacar un libro y mostrarme unos dibujos del cielo con algunos trazos hechos, presumiblemente, por él mismo.

74

Puso su mano sobre una pelota, la luna, me dijo. Deslizó el dedo hasta otra pelota y Mercurio, continuó. Cuando están en posiciones como esta —me indicaba un dibujo de la luna nueva— el mundo parece una alucinación. Los locos se vuelven más locos y los cuerdos se vuelven un poco locos. Y luego: estos días hay que saber, hay que saber andarse con cuidado, especialmente cuando las nubes están cargadas porque mueven sus rayos y caen en direcciones incorrectas sobre nosotros. Buscó entonces en el cuaderno y me indicó un dibujo de un hombre mirando algo que parecía estar más allá del cielo. Hay quienes saben, dijo. Y luego, mostrándome otro dibujo de un hombre con cabeza de puma parado sobre un dedo frente a un acantilado: uno elige ese día, me dijo, antes de venir hasta acá. Aparece en el cuerpo físico como trazos de un dibujo, de un mapa que suena como las agujas del reloj. Aparece en el cuerpo físico, pero afecta a otra cosa, dijo; a nuestro silencio. Y apuntó a otro dibujo, una cara de hombre mirando con espanto algo que estaba fuera del marco del dibujo; algunas líneas sinuosas que querían representar el viento estaban dibujadas junto a su oído y, al lado, un espacio en blanco. La luna nos deja ver de noche, continuó. Cuando no está nos ciega y debemos utilizar lo otro que tenemos. Escuchamos, sentimos, olemos. A veces parece mentira, y siguió dando vuelta la página, nada parece posible si no vemos. Los recuerdos

75

se olvidan, dijo al mostrarme el dibujo de un hombre de frente, extrañamente parecido a mí: sus ojos habían sido dejados en blanco y desde su mano lanzaba un polvillo blanco y brillante que parecía arena. Y sobreviene una confusión por el resto de los días. Cerró el libro y abrió otro más pequeño, de color verde. A veces hay personas que se quedan así toda la vida. Hasta que sobreviene Mercurio nuevamente y se abre la posibilidad de retomar el hilo perdido. Los dos juntos para ver más allá, concluyó indicando un signo dibujado.

Al volver Clara, el discurso pintoresco de don Clemente se me olvidó rápidamente. Qué más podía pensar si un día llegaba con sus ideas anarquistas y de repente empezaba con una estupidez de este tipo. Sí, ahora veía claramente que él no era más que un loco, como él mismo lo había insinuado en varias oportunidades, que era capaz de creer cualquier cosa. Don Clemente insertaba cada tanto, mientras comíamos, preguntas sobre el silencio. Qué escuchaba yo en el silencio, cuando ya no había nada que mirar: qué, parecía decir en la mitad de una frase, sin que tuviera sentido alguno. Era un buen actor, concluí.

Pero aun así continué escuchando indicios del rumor del bosque, en Clara, en Marta, en las mujeres que iban a cocinar para los niños, en los campesinos que iban a la escuela los días viernes, en el silencio.

76

Las miradas iban y venían, hacia mí y desde mí, entre ellos. Con ese vaivén se diluyó mi preocupación. El nerviosismo que me causaba la niña grande se transformó en abierta seducción, a nadie le parecía extraño. La niña menor, sin embargo, no soportaba la presencia de María y varias veces al día se enfrascaban en alguna gresca. La niña menor la trataba de tonta o bruta, y María respondía con algún empujón, una tirada de pelo o con un coletazo de vaca que espanta a una mosca. Marta interpretaba esa actitud como una sabiduría, le fascinaba esa forma estoica, ese salvajismo, como le oí explicar una vez. Me divertía ver a esta mujer, que no tenía nada particular además de su traje negro, hablando con los ojos encendidos, casi con pasión.

A veces yo iba a la bodega y la encontraba vacía. Entonces guardaba cosas, las movía y trataba de encontrarles un orden. Otras veces, incluso antes de entrar, notaba la presencia de María. A veces estaba acompañada, pero cuando escuchaba mis pasos cerca los otros salían antes de que yo alcanzara a llegar a tocar el candado. Pasaban, se iban. Entonces ella movía los pedazos de madera para atizar el fuego. Yo dejaba una manta de lana sobre los cajones, donde ella se tendía con los ojos cerrados. No tardaba en empezar a hurgar entre sus ropas. Me sentaba sobre el colchón a fumar y a mirar cómo ella se sacaba el uniforme hasta la cintura y luego se desabotonaba la blusa para dejar libres sus pechos. Sus pezones miraban el techo, se los tocaba con la punta de los dedos y después bajaba las manos hasta sus caderas y más abajo. Unos minutos después abría la boca y empezaba a emitir gruñidos. Yo no hacía nada, sólo miraba, hasta que los ruidos que salían de su boca me llevaban a una especie de ensoñación, donde no había nada más que la niña y sus ruidos, hasta que la sangre se me agolpaba entre las piernas, hasta que no sólo la visión de ella ocupaba toda mi mente, sino también su olor, cuando ya daba lo mismo si el brasero estaba apagado. Entonces me paraba cerca de ella a esperar que también se le hiciera insoportable nuestra mínima distancia y alargara su mano hasta mí.

Pero pronto me hastié como un actor que se cansa de representar siempre la misma coreografía: los mismos pasos, los mismos cuerpos, las mismas sensaciones, los mismos arrebatos que se fueron calmando. Ella no lo notó al principio, pues yo seguí yendo a la bodega, porque —pensaba en ese momento— era mejor que volver donde Clara, Matías y esa modorra que nos botaba sobre el sofá sin poder pegar los ojos. Prefería ir a la bodega después de que los niños partieran a sus casas a pata pelada, con calcetines remendados, con chalas de caucho, y esperar a que anocheciera. Iba para allá pensando en ver a la niña, pero cuando ella no estaba me quedaba de

78

todas maneras. Me tiraba encima del montón de frazadas a fumar, a mirar el techo, a adivinar las luces entre las rendijas o a leer algún libro que andaba trayendo. De a poco empecé a añorar más esos momentos en solitario que aquellos con María. Me fastidiaba encontrármela allí, en un lugar que empecé a tratar como mío. Así que cuando la encontraba dentro ya no ponía la frazada de lana encima de los cajones y ya no esperaba a que los otros hombres que estaban ahí se fueran cuando yo me acercaba; ya ni siquiera me quedaba a mirar. En vez de eso, volvía sobre mis pasos y me encaminaba hasta la casa donde Clara y Matías esperaban.

Al ver que ya no me acercaba a ella, María empezó a actuar de una manera extraña. Se paraba en la mitad de la clase y salía emitiendo gruñidos rabiosos. Yo la dejaba ir con la excusa de no desatender a los otros alumnos. Otras veces se ponía a gritar en mitad de la sala. Marta la sacaba de allí acariciándole el pelo y la acompañaba a calmarse, sentadas bajo un árbol, entre los arbustos y a veces dentro de la bodega.

Un viernes la niña llegó donde estábamos reunidos los siete hombres de la cooperativa. Dio unos gruñidos molestos y empezó a arañarse la ropa con rabia. Los hombres se fueron entusiasmando y yo con ellos. Quedó con la ropa ajada, desnuda frente a nosotros. Mientras los hombres vitoreaban, yo miré cómo sus ojos inexpresivos se posaban sobre mí. Salí un momento y volví con una manta, con la cual la cubrí. Fue la única vez que la llevé a su casa. Allí conocí a su mamá. Entré a la casa y el olor a encierro fue lo primero que me golpeó, como si hubiesen faenado un cordero ahí dentro y desde entonces no se les hubiera ocurrido dejar entrar el aire fresco. La chimenea estaba encendida y las ventanas cerradas, las paredes llenas de objetos, chucherías, incluso basura: fotos de la virgen y otros santos, marcos de fotos con caras irreconocibles, paquetes de cigarro, pedazos de madera esculpidas hace tiempo y que ya habían perdido su forma, billetes antiguos y de diversos países, monedas viejas y oxidadas, con ese olor tan típico del metal manoseado, zapatos de guagua de charol, cajitas de cartón a punto de deshacerse, figuras de vidrio, tapas de bebidas, botellas de licores y de cocacola vacías, cuadros tejidos con lana, mosaicos ya rotos, pedazos de cerámica y –como testigo de la modernidad– un pedazo de asfalto, entre otros cientos, miles de objetos. El conjunto se armaba con los niños de todas las edades que aparecían y desaparecían detrás de los objetos acumulados; creo que no vi dos veces al mismo niño. Al entrar, María desapareció por la única puerta que había en esa pieza, transformándose camaleónicamente en parte de ese paisaje. Intercambié un saludo con la señora que ocupaba un sillón como si fuera un trono, una mujer entrada en años y en

80

carnes, que no paraba de fumar algo que no era tabaco. Conversamos, creo, pero me es imposible acordarme de qué por las náuseas que me causaba ese lugar atosigante. Recuerdo que me pidió algo y que yo automáticamente saqué algunas pocas monedas. Recuerdo el gesto en su cara cuando las recibía —lleno de ironía— y que luego las puso junto a las monedas en la pared, como si hubieran tenido pegamento. Salí de allí tomando una gran bocanada de aire que me permitió escuchar a la mujer que decía vuelva cuando quiera.

Llegué hasta mi casa a darme un baño. Clara me miraba desde una esquina de la sala. Más tarde esa misma noche le pregunté a Don Clemente si había estado en esa casa de la madre de María. Dijo que todos habíamos estado allí alguna vez. Clara nos hizo notar que ella no conocía ese lugar. Don Clemente dijo que eso sólo podía significar algo bueno. Pensé en volver y hablarle de esto con más detalle, tal vez pedirle un consejo, pero nunca tuve tiempo.

Después dde eso, evité cualquier contacto con María. Sus arranques apasionados se me hacían insoportables; ya no entraba a la sala sin ponerse a chillar. En una oportunidad, se me fue encima con las manos como garras, pero Marta la detuvo y salió con ella. Como siempre me dejó a cargo de sus niños. Sin embargo, cuando ya era la hora del almuerzo y aún no había vuelto,

81

los niños no paraban de llorar: primero uno y luego otro y otro. Al primero yo mismo le di comida para calmarlo, pero a los otros fue imposible y tuve que pedirle ayuda a las niñas que trataban de hacer los ejercicios de matemáticas en ese caos. Muchos de ellos lloraban en cuanto me acercaba. La niña menor tuvo que decirme que tal vez sería mejor que me fuera, que yo les daba miedo.

Fui a buscar a Marta. El tierral que servía de patio estaba vacío; sólo se escuchaba el rumor del bosque, los arbustos que se movían duramente con el viento, el camino desde donde venían algunos ruidos secos, la tierra que habíamos preparado para cuando llegara septiembre y la bodega hacia el norte. Caminé hasta allí, seguro de que si encontraba a la niña mayor la obligaría a entender la situación. ¿Cómo se le explica eso a un ser que es prácticamente un animal?

La traba estaba suelta, así que me preparé. Pero cuando abrí la puerta vi entre las mantas y el colchón a Marta acurrucada contra María. Marta no tenía puesto su abrigo severo; tenía la boca un poco abierta y su falda siempre negra y larga obscenamente subida hasta las nalgas. Su blusa estaba abierta donde se apoyaba la cara de María, que babeaba. Dormían con las bocas demasiado juntas, el pelo desordenado y los zapatos tirados. La línea de la espalda de Marta se marcaba firme por debajo de su blusa blanca. Me acerqué un paso hacia ellas. Vi el

82

escote de Marta, su estómago que caía relajado hacia un lado y su pierna larga y desnuda que expelía un olor a piel mojada. Alargué la mano automáticamente. Pensé que podía despertar, que no quería que despertara, que sería extraño –la sangre se me había agolpado en el bajo vientre– trabajar después juntos, al mirarla sólo tendría esta imagen en mi cabeza: sus nalgas desnudas, el cuerpo relajado, el escote abierto y lleno de baba, su cuerpo con el recuerdo de María. Me imaginé por un segundo mirándola una vez más después de verla así y ya una mano que no parecía mía no tuvo freno.

Le pasé la mano por la pierna. Ella se movió. Yo esperé. Sus ojos no se abrían. Mi mano recorrió la piel blanca decorada con gruesos pelos negros hasta arriba, una y otra vez, con suavidad, hasta llegar a la piel rosada y húmeda. Su pierna se agarró contra la de María. Los ojos de la niña mayor miraban esta escena con atención. Con una mano le toqué el pecho a la niña, que inmediatamente se empezó a retorcer, incontinente. Yo le indiqué que le abriera a Marta su blusa y que empezara a chuparle sus pezones que, de tan blanquecinos que eran, se veían más desnudos que los rojos, casi morados de María. La niña se restregaba contra el cuerpo de Marta demasiado violentamente; yo la obligué a detenerse y a mirar: el cuerpo de Marta de a poco se empezó a mover solo. A la niña se le hacía imposible: se subió encima de Marta

83

y de mi mano. Me abrí el pantalón. María me tomó el pene y trató de tirarlo con fuerza para meterlo en su boca. Yo la eché a un lado y vi que una se subía sobre la otra y le movía las piernas para que sus labios estuvieran en contacto. Me paré frente a Marta, ella abrió la boca cuando María le empezó chupar los pezones como un chanchito que amamanta. La niña trataba de sacarme de la boca de Marta y la golpeaba hacia atrás; pateaba y bufaba, chillaba tratando de sacarse a Marta de encima. Al final la botó y trató de pararse hacia donde estaba yo, pero yo sólo tenía ojos para Marta, me miró un segundo y estiró la mano hasta donde estaba su ropa. Le agarré la mano, la tiré al suelo de espaldas. Le despejé las nalgas de la falda larga y la levanté hasta que estuvo en cuatro patas, pero en ese momento sentí un golpe en la cabeza y unos arañazos en el cuello. María estaba como loca; la agarré de un brazo tan fuerte que gritó. Aún así la tironeé un poco y se cayó sobre Marta, que apenas se podía sentar. María aullaba: la agarré del cuello y le puse la cara contra el suelo, luego contra el pecho de Marta. Cuando su trasero estaba contra mi pelvis, de a poco la niña se fue calmando y chupaba. Yo hacía que le langüeteara la boca, el cuello, las tetas, el ombligo de Marta. Luego se echó sobre el suelo y me abrió las piernas jugando con la falda de Marta. Así vi cómo la cara de Marta cambiaba y se abría para dejar caer un hilo de saliva.

84

Fui el primero en estar vestido. Alcancé a ver cómo Marta se retorcía y se dejaba ir sobre la cara de María. Cuando lanzó un gritito agudo, de inmediato se cerró la blusa. María, por su parte, simplemente se paró y salió corriendo con la blusa abierta y la falda recogida en sus caderas por el camino. Marta me miró y bajó los ojos. Yo le lancé el abrigo encima y le dije que los niños la estaban esperando. Salí. Un rato después esperaba en la carreta para ir a dejar a tres niños; traté de subirme. Ella sólo dijo: ni se te ocurra, y me lanzó una mirada llena de odio.

Al día siguiente Marta no llegó. El día que siguió a ese encontré una carta de ella dirigida a mí, explicando que se iba a entregar porque estaba arrepentida de lo que había hecho y que, por supuesto, me denunciaría y se encargaría de que se supiera qué clase de profesores éramos. En la última línea me advertía que estuviera preparado para la sanción.

No me acuerdo qué hice con la carta, pero sí que partí de inmediato a la casa de Marta. Su casa estaba vacía, a excepción de una mujer que mantuvo un estricto silencio, pero que no paraba de mover cosas, claramente sacando las últimas pertenecias de Marta. Le arranqué de sus manos un libro de Primo Levi que yo le había prestado. Pensé que debía prepararme para irme de allí, que debía llegar a Santiago antes que Marta, para hacerla

85

entrar en razón. Mientras Clara arreglaba nuestra casa y conseguía un camión que nos sacara de allí, continué yendo a clases. Ya al tercer día nadie apareció. Tampoco el viernes a la reunión. Recuerdo que por primera vez, sin la voz de Marta ni el ajetreo de los niños, sentí el olor a eucalipto y pino que el viento traía desde el bosque, y escuché los golpes secos sobre la tierra del camino, el movimiento de los arbustos. Partí hacia mi casa no por el camino, sino por los pastizales y entre los bosques para que fuera difícil que me vieran o que me identificaran de lejos.

Cuando llegué a mi casa me sorprendí de ver instalada en el silloncito, con una tizana de menta, a la mamá de María y a sus espaldas, inmóvil tras la silla, a su hija. Muy recatada, no despegaba los ojos del suelo o de una maletita que tenía a sus pies. Entré. Las miradas de las mujeres se clavaron en mí: los ojos de la vieja me apuntaban con satisfacción. Clara agachó la cabeza y empezó a sollozar. ¿Cierto, profesor, que es lo mejor que la María se quede con ustedes? Puede ayudar a la señora de la casa, es tan trabajadora, usted la conoce. La apuede ayudar a criar al niño y es bueno que –tocándole la guata y acompañando sus palabras con una sonrisa chueca– el que viene esté donde su padre.

Durante todos estos años, al acordarme de esa escena, vuelvo a hervir por dentro. Me acuerdo, eso sí, de que

86

ella se veía más vieja parada en el umbral de la puerta mientras me decía algunas palabras que sentí como hierro que se me clavaba. Y que luego tuve que sacar a María a la fuerza, azotándola con un palo entre los gritos y sollozos de Clara. Cuando al fin logré evitar que pateara la puerta y rompiera los vidrios, me di cuenta de que los sollozos de Clara habían desaparecido. Caminé varias veces por las dos piezas que conformaban la casa, buscando en cada esquina, en los armarios, debajo de la cama, hasta que me di cuenta de que se había ido con Matías. Salí y busqué alrededor, pero no había señales de ninguno de los dos. Decidí partir hasta la casa de don Clemente, único lugar donde se podía refugiar. Anduve ya sin miedo de que alguien me viera. Y luego los susurros que parecían los caminos que el viento abría por el follaje, y los animales que se escapaban a mi paso, se hicieron claros y se unieron con la luz de unas antorchas que venían desde los pastizales, que se multiplicó en miles a medida que se acercaba a mí. Alcancé a escuchar la voz de la vieja madre de María. A veces me parecía escucharla justo detrás de mí, pero al darme vueltas no veía a nadie. A veces alcanzaba a ver ojos entre la hierba y algunos golpes me movían de adelante hacia atrás. Por entre estas cosas que ahora no puedo clasificar más que como alucinaciones vi luces ya cerca de la casa de don Clemente, luces amarillas que aparecían desde los cuatro costados, encerrándome como si el cielo de la primavera que empezaba a aparecer por esos días estuviera creciendo a mi alrededor, o como si yo me hubiera elevado. A medida que se acercaban se hacían más nítidas las antorchas que iluminaban caras, las mismas que ya me había acostumbrado a ver en circunstancias muy diferentes y que ahora aparecían deformadas por la luz. Y entre ellos la vieja que, deslizándose suavemente algunos centímetros por sobre la tierra, repetía el mismo coro que había cantado en el umbral de mi casa. Me apuntaba y me llamaba de diferentes maneras. Grité el nombre de Clara. Desde atrás, iluminado en medio de la oscuridad de cuerpos, estaba Don Clemente avisando que Clara no estaba aquí y que no la buscara más. Detrás de él una carreta, su carreta, desde donde los campesinos sacaban palos que habían servido para las más diversas tareas; los aventaban por sobre sus cabezas. Con un cuchillo en la mano, los mismos hombres con quienes había compartido tantos viernes querían acercarse hasta donde estaba yo. Miré a Don Clemente en busca de alguna explicación, pero él era un tótem y sus ojos se escondían en la oscuridad de su sombrero.

Debe haber habido una pelea, porque recuerdo el sonido de una estaca cayendo cerca de mí, y luego unos ojos blancos y algunos gruñidos. Luego el pasto, ojos, manos y cuerpos que se me confunden, mis pies alejándose de las luces, una punzada en mi costado, un golpe y el piso frente a mis narices, el olor a estiércol, voces, movimientos de hombres alrededor mío, gritos alejándose, los pastos que perdían sus contornos a medida que las luces se alejaban y luego una gran luz demasiado caliente para ser el amanecer, una parte del cielo estrellado, una huella, la tierra bajo mis pies. Tierra y mis pies descalzos. Recién cuando llegué al borde del río miré a mi alrededor y pude oler el incendio. Recién allí, creo, pude notar la rama enterrada en mi costilla y que no podía ver porque algo duro y seco me tapaba el ojo.

Después de eso sólo me acuerdo de haberme despertado por el meneo de los caballos. Luego encima de una cama, sedado y adolorido, con una venda que me cubría parte del ojo. La dueña de casa me dijo que mañana llegaba el doctor, que no me moviera. La vi ir y venir de un lado a otro, asustado de preguntar cualquier cosa, asustado de que supiera quién era yo. Vi al doctor apenas entre sueños. Me desperté días después en una cama incómoda y mojada. Cuando me recuperé por completo me dispuse a salir hacia Santiago, pero la dueña de la casa me dijo que era peligroso. Pensé que era por la denuncia de Marta. ¿Tan rápido se había sabido todo? Y luego me dijo que si yo era de la cooperativa del otro lado, los militares podían agarrarme, que andaban agarrando a todos los de por aquí porque había quedado

89

la embarrada en Santiago. Me dijo que esperara y salió. Volvió con dos hombres que me dijeron que todo lo que había dejado allá –no querían saber qué– no valía la pena para arriesgar mi vida. Confié, los seguí. Cuando llegamos al otro lado de la cordillera me di cuenta de que la denuncia de Marta nunca se haría pública. Ella desapareció entonces y, aunque la busqué veinte años después, cuando volví a Chile, para pedirle sinceras disculpas, no pude encontrar rastro de ella.

4

Tras las rejas y los jardines donde las rosas crecían entre las tumbas, las personas como Sergio y yo eran invisibles. Volábamos por esos pasillos igual que las leyendas que vivían en ese lugar antiguo. Nuestra invisibilidad, que se nos impregnaba todavía cuando salíamos de allí, anunciaba el peligro de que la muerte te alcanzara lejos del hogar. Los jardines iluminados de otoño querían presidir nuestro encuentro, el de Sergio y yo, pero cada paso nos llevaba por pasillos oscuros, por subterráneos húmedos, escaleras abandonadas, puertas que no llevaban a ninguna parte, piezas donde la luz no permitía que nos distinguiésemos de nuestro entorno, de la penumbra. Así, acurrucados contra la loza fría, sentíamos los pasos de los vivos por sobre nuestras cabezas y bajo el sol. Finalmente pusimos nuestros pies sobre los pasillos de cerámica, pisamos la arenilla, nos acercamos al pasto, traspasamos las rejas y aduvimos sobre el cemento.

Los acontecimientos de ese viernes, según *moi*, deben haberse desarrollado así: la puerta se abre. Primer plano de mujer, zoom a sus ojos.

—¡Denisse! ¡Hola! Qué sorpresa, tanto tiempo. Pasa, pasa.

—Hola, Sara. (Con indiferencia)

—¿Cómo has estado? (Mientras la ve pasar. En los ojos de la mujer se desliza una sombra de desconfianza.) Linda, como siempre.

—¿Y el Nico? (La joven no escucha nada.)

—Arriba. Va saliendo (advierte ponzoñosa).

—Ah.

—Y la Raquel, ¿bien? (Como siempre *polite*, a pesar de que piensa que la Raquel es una zorra).

—¡Bien! Como siempre, no más.

—Mándale mis saludos, ¿ya? (Dilatando) ¡Ah! ¿Sabes? Desde hace tiempo que tengo este taper que es de ella y quiero devolvérselo.

—Ya. (La joven se apura, desparece por la escalera).

—No sé a qué hora te vayas. Pronto, me imagino (venenosa), pero a la salida puedes llevarle...

—Hola (al fin detrás de la puerta; ya pasó lo peor, piensa ahora).

—Me asustaste. (Un golpe.) Hola. (Se soba la cabeza que se ha golpeado con la puerta del clóset. Tiene una camisa en la mano; ella ve que lo peor aún no ha comenzado).

—¿Qué estabas haciendo? ¿Vas a salir al final?

—Sí, como te dije.

94

—¿Entonces?

—No sé, conversemos un rato. ¿Quieres algo?

—No sé. Un vaso de cocacola. Es que tu mamá quiere puro conversar.

—Parece que estaba saliendo para la playa.

—Anda tú mejor.

Aún no le había devuelto la película a la Hanna, la ponía siempre que alguien viniera a mi casa para no tener que hablar. Estaba conectando el video a la televisión con la cabeza entre los cables.

—Hola.

Del susto me pegué en la cabeza con la mesa.

—Me asustaste —traté de reírme, pero Sergio estaba serio—. ¿Estás bien?

—¿Qué estabas haciendo?

—Iba a ver una película — no quería decirle que era la misma película que él no me acompañó a ver después de tanto tiempo. Sergio se había alejado y ahora estaba de repente parado frente a mí, callado, estúpido—. ¿Quieres algo?

Pero era imposible sentirlo como un estúpido. Yo, en cambio, no paraba de moverme, de tocar las cosas y mirar hacia los lados.

—Es que tal vez te interrumpo.

—¿Un té?

—Un café, pero no quiero ver a tu mamá.

—Se supone que se estaba yendo al aeropuerto.

Fui a buscar el café. Mi mamá me miraba y me decía cosas; yo la miraba entre un gesto y otro. Subí con dos tazas, una de té y otra de café. Cuando entré a la pieza, Sergio estaba con la caja de la película en la mano.

—¿La ibas a ver?

Puse el café y el té en la mesa. Sergio tomó el té; yo no protesté. Sorbeamos las tazas en silencio. Sergio recorría los libros con sus ojos y sus manos, y decía alguna cosa anodina de vez en cuando. Yo seguía su espalda con la mirada desde la cama. De repente estaba frente a mí en el suelo. Tomó mi taza y la dejó a un lado. Me abrazó por la cintura y yo le toqué el pelo.

—¿La viste? (Lo mira recorrer la pieza de un lado a otro y que busca algo que no encuentra.)

—No. ¿Es buena?

—No sé, no la he visto todavía. Traje té y café, no quedaba cocacola.

—Café, creo, si es de grano, pero si es para ti…

—No, me da lo mismo.

—¿Adónde te ibas? (Apunta la camisa, la billetera y las llaves del auto sobre la cama.)

96

—Voy a salir con unos amigos (miente).

—¿Quién? (Ella se da cuenta. Antes le había dicho otra cosa. Ahora no se lo puede decir a ella en la cara.)

—No los conoces. (Sus ojos ordenan los objetos en la pieza.)

—... (Busca.)

—... (Él también.)

—O sea que quieres ser dentista.

—Me quiero cambiar a medicina el próximo año, pero por dentro para no dar la prueba de nuevo. Sería como volver atrás.

—Yo di la prueba de nuevo.

—Sí, pero tú saliste recién del colegio (un tono que a ella se le hace insoportable).

—No es para tanto, salí sólo un año después que tú.

—Dos.

—Dos, cierto. (No le gusta equivocarse, pero frente a él lo había hecho tantas veces.) Pero da lo mismo... ¿Y qué opina tu polola?

—Jfff.

—¡Es que..! (No puede evitar mirarlo con ojos tristes. Un primer plano de su cara buscando qué decir, cómo decirlo, cómo contenerse.)

—Hablemos de otra cosa, mejor. (De nuevo sus ojos ordenan los objetos de la habitación.)

—Ya.

97

—¿Y tu mamá sabe que te saliste de la universidad? (La mira de reojo.)

—Al principio se puso como loca, pero después le gustó la idea. Me manda a hacer de todo: pagar las cuentas, ir al supermercado, hacer las camas, todo. (Hay un leve tono de rabia cuando responde, porque él sabe cuánto le disgusta que le hablen de la autoridad que su mamá tiene sobre ella).

—¿Y la Ema? (Repasa los objetos sobre la cama: las llaves, los documentos, el cubrecamas, para saber si no se la había olvidado algo.)

—La despidió. Se le metió en la cabeza que la Ema le había robado una blusa súper cara que tenía. Y más encima después encontró la blusa. No se lo voy a perdonar nunca. (Ahora, tono de rabia que confunde la ira hacia su madre y hacia él.)

—Sí, estuvo tanto tiempo con ustedes.

—¿Tanto tiempo? ¡Desde que yo tenía como cuatro! Mi mamá una vez se enojó con la Ema porque yo le dije mamá. Por eso me quiero ir de la casa; me voy a ir a vivir con Güili. (Tal vez lo dice sólo para saber cómo reacciona él, porque era sólo una vaga idea.)

—¿Te hará bien? Guillermo Li Pérez es bien raro. (Me ofende, as usual, y ella ve que pica el cebo.)

—Está viviendo en un departamento y tiene una pieza para mí, dice que sólo puede vivir conmigo.

98

–Sí, pero como vas a estudiar recién... (Él la mira: protección, la única reacción que les queda. Se reconoció cansado.)

–(Ella bufa.) Es muy divertido, te llamo y no me contestas; después te vengo a ver y te pones sobreprotector.

–Me preocupa, siempre me vas a preocupar. Quiero que estés bien, y ahora que estás aquí…

–Sí, estoy aquí. Vine a verte, me empiezo de a poco a parecer a mi mamá. (Sus ojos se llenan de lágrimas, pero no las deja salir.) No te das cuenta de que estoy al lado si no me tienes en la cara. (Sorbetea con rabia su taza.) Más encima tengo que aguantar a tu mamá que me mira con compasión, como si no se le viera.

–No creo. (El gran motivo de su distancia vuelve a aparecer.)

–Pero si así me mira, eso piensa. (Ella lo sabe, él nunca le creyó; es una cuestión de mujeres). Y tal vez qué piensas tú de mí. (Hay un largo silencio donde suena el teléfono. Él mira el aparato, ella también. Un silencio coronado por el teléfono). ¿Vas a contestar?

–Deja que mi mamá conteste.

–La mamá. (Ella detesta esa palabra.)

–Oye, ya, ven. (Tranquilizador y en cierta forma adorable.) Nosotros siempre vamos a poder hablar como antes.

–Yo sé que no, porque ya nada es como antes. (Se

99

cruza ante ellos el pasado: para ella con nostalgia, para él como algo que quiere dejar atrás.)

—(Un silencio que es interrumpido por la madre.) Nico, teléfono, la Cristina.

—Aló. Sí. ¿Puede ser más tarde? No, no mucho. Sí. Sí. No. No pasa nada. Gracias. Chao, tú también.

—¿Te vas a juntar con ella?

—Sí.

—¿Están pololeando?

—Sí.

—¿Hace cuánto?

—Hace un tiempo.

—¿Cuánto?

—No sé, unos meses.

—¿Cuánto tiempo después de que terminamos empezaste a salir con ella?

—No sé.

—¡Poco tiempo! (Ahora no puede contener las lágrimas.)

—No sé cuánto es poco o mucho tiempo. Para ti un año todavía es poco tiempo. (Ya está cansado.)

—Yo tampoco sé cuánto es poco tiempo para ti. Y no ha pasado un año.

—Bueno, diez meses. (Se arrepiente de decirle cosas que le puedan doler.)

—(Ella lo nota.) Nueve. (Sabe que le encontrará la

100

razón, aunque no sea la verdad.)

—Nueve. (Él no sabe cuál es la verdad exacta.)

Menos mal que se puso a llorar, por lo menos ya no estaba consciente de mi temblequeo o del suyo. Mi mano estaba tiesa sobre su pelo; me la miraba y parecía de plástico. Estuvimos así un rato. Mi mamá preguntó si queríamos pizza y trató de abrir la puerta. Yo le dije que no cuando casi se me sale la guata por la boca. Ella me llamó entonces, me dijo que quería hablar conmigo. Yo le respondí que ya iba, pero no me moví. Sergio me miró. Su cara estaba roja y relajada, con el labio superior hinchado. Me dijo que si acaso no le iba a preguntar por qué lloraba. Yo no me moví, porque empecé a notar de nuevo el temblequeo. Me dijo que hace tiempo que no nos veíamos y quería hablarme.

—Hace mucho —dije.

Sentí ganas de ir al baño, unas ganas que estaba reprimiendo desde antes que Sergio llegara. Me reí fuerte para simular los sonidos que bajaban por mis intestinos. Ojalá no lo note, pensé, pero era imposible; estaba demasiado cerca de mí. Sergio se levantó justo, se dio una vuelta y volvió a acercarse a mí, hasta que estuvo frente a mi cara. Me dio un beso en los labios, uno chico primero y otro largo después. Se reclinó sobre mí. Mi guata se empezó a revolver de nuevo.

—¿Tienes hambre?

—Mi mamá nos dejó plata para una pizza. (Es lo primero que dice cuando entra a la pieza. Por detrás se escucha un auto partir.)

—Pidámoslas, tengo hambre. (Algo real en qué ocupar el tiempo.)

—(De nuevo aparece en sus vidas el aparato de teléfono.) Hola, quiero una pizza. La que tiene carne.

—Con choclo, aceitunas y cebolla.

—Y la otra… (Hace un gesto.)

—Con choclo, aceitunas y cebolla (repite sin el mismo entusiasmo).

—Con choclo, aceitunas y cebolla. Bueno, sí. ¿Cuánto? Efectivo. (Esta vez sólo deja sonar el teléfono una vez.) Aló, Cristina, todavía no, más rato. ¿Y si nos vemos allá? Pero la Carla te puede pasar a buscar. Bueno, como quieras. Ya, chao.

—¿Adónde iban a ir?

—Al teatro.

—¿Qué película?

—A una obra de teatro.

—¡Una obra de teatro! ¡Desde cuándo vas a ver teatro tú!

—Es que actúa una amiga de la Cristina.

102

—Actriz. (Primer plano de la joven.) Qué raro ser actriz. Yo no podría, eso de estar en un escenario y que todos te miren mientras eres quien no eres.

—Según la Cristina la cosa es bien diferente.

—O sea ella también es actriz.

—Sí.

—O sea no la conociste en la universidad.

—Es amiga de una amiga de la universidad.

—¿Quién?

—No la conoces, da lo mismo.

—Ya, po. (Se queja, como lo hacía en esos años, antes, cuando a tanta gente le causaba admiración y a tantos otros molestia).

—Qué.

—Lo de ser actriz (miente). ¿Qué dice ella?

—Que el trabajo es volver sobre tus experiencias para poder padecer cosas que no son tuyas. O sea que lo de afuera cambia, pero no la manera en que eso te afecta.

—Pero eso depende, porque si eres una persona sentimental y te toca hacer el papel de una perra fría. (Plano de triángulo amenazante.)

—Se supone que puedes buscar esas experiencias. Al final todos podemos sentir de todo. (Él está absolutamente seguro; para él todo esto es nuevo.)

—(Ella lo nota.) Es que, si no, todos seríamos iguales.

—No, porque algunos son fríos, y hay otros que han

sentido frialdad. Es diferente. (Está seguro y es catedrático.)

—Puede ser. No les creo mucho a los actores, creo que son egocéntricos, no más. Los que he conocido...

—¿Y tú cuándo has conocido actores? (Ahora él se burla sólo un poco de ella.)

—(Ella lo nota.) Ha pasado tanto tiempo que ya no puedes saber todo de mí.

Cuando llegué al baño sentí, por el contrario, el estómago atorado. Me mojé la cara, como en las películas, y agarré las pinzas para no salir tan luego. ¿Qué más se hace en estos casos? Me lavé los dientes. ¿Tengo que lavarme la entrepierna? La tenía toda mojada por el nerviosismo. Y mi mamá abajo, tenía que hablar con ella. Debía actuar con normalidad, como si esto lo hiciera todo el tiempo, como si fuera algo normal, como si siempre besara hombres en mis noches libres. Lo he visto en películas, sé cómo se hace: rápido y certero, con relajo y desfachatez; sólo tengo que elegir el estilo, lo menos melodramático posible, robótico-modélico, rostro frío, perfecto y cuerpo que reacciona. No muy cliché, justo en el medio, mi estilo propio. Me preguntaba esto mientras mi mamá escribía con qué quería la pizza: choclo, cebolla, aceitunas.

—¿Sergio no querrá con carne? Voy a pedir una con carne.

Después de pedirlas se fue, dejando algo de plata para el fin de semana.

Ahí estaba Sergio, sentado frente al televisor.

—Mi mamá se fue.

Con el control remoto puso *play* y empezó la película: los gritos en japonés de las niñas, las risas, la naturaleza, la inocencia, el árbol. Miraba la pantalla, pero veía entrecortadas algunas escenas: la sonrisa del mono, las bocas abiertas de las niñas, el polvo. Sergio miraba concentrado. Lo miré y traté de darle un beso, mi nariz chocó contra su pómulo. Me tocó la mano amistosamente. Le di otro beso, más largo. Abrí los ojos y vi su cara con los ojos cerrados, iluminada por los colores de la pantalla. Su mano cambió de lugar: la puso sobre mi cintura; de inmediato entré la guata y la sentí pesada. Él abrió los ojos. Nos miramos mientras nuestros labios jugaban. Yo temblaba. Me separé de él. Su mano se empezó a mover, primero hacia abajo, hasta mi muslo, luego hacia arriba, pasando como sin querer que se notara, por sobre mis tetas. Me volvió a dar un beso, ahora más fuerte, la mano se movía desesperada hacia arriba y hacia abajo hasta que se detuvo en seco en mi teta izquierda. No se movía, no hacía nada, sólo la dejó allí mucho rato. Traté de quitarme el tiritón, aflojé las manos; traté de poner una encima de la de él para que dejara de ser cómico, para que su mano se apretara contra

105

mi pecho. Sergio empezó a acariciarme suavemente; yo temblaba entera. Abrí los ojos de nuevo. Ahora él me miraba. Yo traté de sonreír. Él no. Me miró serio, con los ojos semicerrados y la boca abierta. Metió su mano por debajo de mi polera, tocó mi sostén, lo recorrió hacia atrás y trató de soltarlo. No pudo. En vez, lo tiró hacia arriba. Una de mis tetas se aplastaba ridículamente por el elástico del sostén. Me miré, se veía como un apéndice saliendo de mi piel. En las películas esto no pasaba, ¿dónde está la del maquillaje? ¿El de utilería? ¡Una teta falsa aquí, por favor! ¡La doble! Finalmente yo misma me solté el sostén, me lo quité sin sacarme la polera. Él se levantó y me la trató de sacar; quise irme, echarlo, parar: estaba pilucha y era como si Sergio y su corte de señoras empaquetadas miraran juzgadoras mi desnudez. Me agaché. Sergio me levantó, él se había soltado los pantalones y se había sacado la polera. Era flaco, muy flaco y sin un pelo en el pecho. Los calzoncillos blancos cambiaban del rosado al azul según fueran las luces de la pantalla del televisor. Yo estaba ahí, mirando paralizada el bulto bajo su calzoncillo y luego su pene erecto que me pareció feo y con mal olor. En ese momento sentí mi propia entrepierna mojada contra el pantalón que se metía dentro de la rajadura, demasiado apretado. Pensé en que debería haberme lavado, que la ducha de la mañana no sería suficiente. Las niñas en la pantalla se

106

reían y corrían a encontrarse con el Totoro, la ventana empezaba a mostrar las primeras estrellas. Cuando Sergio me sacó los pantalones creí que iba a vomitar, y luego sentí mi olor. Le tomé las manos antes de que me sacara los calzones. Él me subió en la cama. Yo no quería apartar los ojos de la pantalla. Mientras, Sergio me tocaba y le daba besos por primera vez a mis tetas. Sentí su cara por los pliegues de mi cuerpo, con fuerza agarraba todo lo que podía. Y así, sin darme cuenta, me abrió las piernas y trató de meterme su pene. Lo hizo, dolió un poco, no tanto como había escuchado. Hizo unos movimientos que a ratos se sentían bien: me acordaba de cosas, de mi nerviosismo, de mi mamá, de una escena de Bajos instintos. Sergio apretaba cada vez más rápido y a mí me dolía cada vez más, me sentí apretada, me dolían las caderas. De repente paró. Se quedó un rato así. Eso había sido, parece, eso era. Él se levantó. De mi entrepierna salió un líquido viscoso y rosáceo que manchó el cubrecamas. Lo limpié con un pañuelo, era resbaloso. Sergio estaba vestido. Yo me puse la ropa rápido, en silencio. Sergio salió al baño. Sonó el timbre. Pagué las pizzas, las puse sobre la cocina. Masqué un pedazo, tenía carne, la escupí. Me lavé la boca. Quedaba la pizza de choclo, ahí encima de la mesa de la cocina, al lado de las monedas que me dio el repartidor.

107

5

Viví más preocupado de mi sobreviviencia que de lo que había dejado atrás; ya lejos, pensaba entonces, nada de lo que había hecho podía tocarme. Pero después de diez u once años los ojos de la joven Clara aparecían en los de las mujeres que ocupaban esporádicamente su lado de la cama. A veces me parecía escuchar su paso corto yendo de una pieza a otra y a veces mientras me lavaba los dientes, creía notar que entraba por la puerta para colgar las toallas. Por eso compré el pasaje el mismo día que la embajada admitió mi regreso, justo veinte años después de haber partido.

Cuando llegué, sin embargo, me di cuenta de mi poca previsión. Mis antiguos camaradas no me miraban con buenos ojos y ninguno de ellos se alegró de verme. Pensé en Marta, pero no me atreví a preguntar por su suerte. ¿Sabían ellos algo? Mis antiguos enemigos, por el contrario, no parecían acordarse de mí. Fueron ellos quienes me dieron trabajo como profesor de historia en un colegio de barrio alto. Y para mi sorpresa no fue tan malo; me sentía cómodo siendo un poco diferente.

Había pensado en mi reencuentro con mi familia. Finalmente, me había convertido en la persona que Clara había deseado que yo fuera. Me dirigí a la casa de sus padres, pero en vez de la hermosa casa de ladrillos rodeada de un jardín de distintos tonos de verde había un edificio con pretensiones de modernidad que ya se empezaba a descascarar. Busqué entonces a sus hermanos, pero ellos también, como mi familia, se habían ido a Estados Unidos. Tampoco vi su nombre en el directorio telefónico. ¿Se habría ido ella también a Estados Unidos? Me dijeron por el teléfono que no. Fui a la casa de sus amigas, todas casadas y con hijos, pero ninguna quiso recibirme ni atender mis llamadas. Fui al Registro Civil, pero me negaron la información sin una libreta de matrimonio que acreditara nuestra alianza. Pensé en ir a un detective privado, pero según me contaron había que cuidarse de ellos. Desesperado acudí a la policía, pero me miraron con suspicacia cuando no les quise decir cuándo había sido la última vez que la vi.

Después de darle vueltas, empecé a frecuentar los lugares a los que ella solía dirigirse. Muchos de ellos ya no existían, ni las plazas, ni las tiendas. Pero, según descubrí, el lugar donde iba regularmente a tomar café seguía allí. En otros tiempos, nunca habría entrado allí pero ahora me sentaba en una mesa que daba hacia la calle principal todas las tardes. Desde allí podía ver los cuerpos que

112

se arremolinaban fuera del ventanal, y pasaban veloces voltéandose mientras se subían los cuellos de los abrigos, las parkas y las chaquetas. Los lugares de ayer no eran los de hoy.

Llevaba conmigo una libretita en la cual anotaba la posible evolución de Clara. Todas mis anotaciones confluyeron en una sola posibilidad: después de escaparse de la casa de Don Clemente, tocó la puerta de una casa desde donde telefoneó a sus padres. Ellos, con sus conexiones políticas, ya estaban al tanto del golpe. La mandaron a buscar. Clara se quedó en la casa de ladrillos rojos rodeada de los distintos tonos de verde y lloró. Más pronto que tarde mi suegro la sentó frente a sí y le dijo que ya era hora. Así que consiguió un trabajo, seguramente en una de las tantas escuelas que habían quedado sin profesores, y trabajó. Se fue a vivir sola, pero su madre acudía todos los días a cuidar al pequeño, o sería la misma Clara quien lo dejaría en la casa de sus padres por la mañana. Luego uno de los padres habría muerto, seguramente él. Clara, entonces, se llevó a su madre a vivir en su casa, puesto que ya no podían sostener la amplia casona de ladrillos rojos rodeada de plantas con distintos tonos de verde. Allí creció Matías, inmerso en la melancolía de las mujeres solas. Así la encontraría yo, viviendo en su casa pequeña, comprando las verduras y los huevos para el día, comparando los precios de la

113

ropa en las galerías del centro, bajándose de la micro, paseando por las calles con paquetes en la mano.

La busqué. Hice innumerables paseos por la ciudad, tantos que conocí los barrios al revés y al derecho. Tres años anduve así y no encontré nada. La busqué y luego la dejé de buscar. La dejé de buscar porque apareció Raquel.

Conocí a esa mujer desesperada porque tenía una hija en ese colegio donde yo era profesor. Era una mujer que se me insinuó abiertamente, así como se le insinuaba a todos los padres, a todos los profesores, a todos los hombres débiles y nerviosos, a los fuertes y vigorosos por igual. Raquel pasó a ocupar, algunas noches, el lado de la cama de Clara. A diferencia de las innumerables mujeres que ocuparon ese lugar en Suiza, Raquel nunca adquiría las facciones de Clara. Nunca hablaba como ella, nunca me miraba con sus ojos, nunca tuvo su quietud, su parsimonia, su melancolía ni su tristeza. Por el contrario, su desespero se volvía salvajismo, movimiento y también constantes paseos por la cocina, el baño, la cama y la habitación contigua; se transformaba en gritos, en risas estridentes, en el alto volumen de la televisión, en canciones de moda con su voz a destajo, en todo menos silencio. Así que con Raquel empecé a olvidar de a poco los años anteriores. De a poco los dejé ir, de a poco me empecé a acostumbrar.

114

Raquel vivía con su hija Denisse. Raquel iba a mi casa y dejaba a la niña sola en su casa grande de tres piezas en el segundo piso, dos baños, un living, un comedor tras una puerta de vidrio y una cocina cuadrada. Ella me describía la casa, me hablaba del eco, de cuánto odiaba el eco de esa casa. De cómo prendía el televisor y cerraba las puertas para no escucharlo. Desde atrás de ese sonido escuchaba los zapatos recién comprados de su hija caminando sobre el piso de madera. Sólo las abría cuando su hija llegaba a la casa con amigos y se arremolinaban alrededor de la mesa de la cocina cuadrada a comerse lo que la Ema había hecho; hablaban y Raquel no se percataba ya del eco. Entonces salía de su habitación y se sentaba con los jóvenes y les hacía preguntas. Ellos respondían, pero Denisse se callaba, se quedaba mirando, su cuerpo dentro de la silla, los brazos cruzados, quieta, los ojos oscurecidos bajo la sombra de su pelo. Denisse la veía reírse con la Paula o con Sandoval y echarse el largo pelo teñido rubio hacia atrás. Raquel le preguntaba por qué no decía nada si recién, desde su pieza cerrada del segundo piso, la escuchaba hablar y reírse. La hija no hablaba ni se reía, le pedía que se fuera, que tuviera sus propios amigos, que llamara a las viejas que hablaban tonteras igual que ella, si acaso ya no se reían de sus bromas, ya no la soportaban y ya no querían ni verla de lo vieja que estaba. En ese momento, siempre igual, Raquel se levantaba y, sin

115

acostumbrarse a la rebeldía de su hija, salía de la casa. Lloraba en el auto y llegaba hasta mi puerta, y luego se metía en mi cama en el lado de Clara. Me necesitaba para olvidar, para reírse, para hablar. Y yo entonces me daba cuenta de que todos los pensamientos que durante el día le había prodigado no eran más que la necesidad de olvidar, de reírme y de hablar.

Por eso cuando, unos meses después, acostumbrado a la presencia de Raquel, vi a una mujer menuda cruzando las rejas del colegio que sujetaba a un niño en cada mano, una mujer con el pelo teñido castaño, ancho, ordenado, cepillado, formando una C hacia adentro, con unas ropas sueltas deformadas por las almohadillas de la chaqueta sobre el conocido cuerpo, el envejecido y gordo cuerpo de Clara, me sorprendí.

La seguí por los pasillos de baldosa mientras conducía a dos niños que no eran Matías hasta una sala de clases desde donde salió sola y caminó de vuelta hasta la reja. Apenas dio un paso fuera de ella, me vio. Siguió su camino como si sus ojos se hubiesen posado sobre un desconocido, pero en menos de un segundo me miró detenidamente. Estuvimos así un rato, reconociéndonos, sin saber qué hacer. Me adelanté un paso y de inmediato ella dio uno hacia atrás. A mi segundo paso, ella se echó a andar. Me lancé detrás de ella. La vi desde mitad de cuadra entrar a un Subarú Legacy gris. Lo encendió,

116

pero no podía salir por el tráfico. Cuando yo ya estaba frente a su ventanilla, lo apagó. No me miró, sus anteojos grandes le cubrían la cara. Se bajó del auto sin decir nada y caminó por la calle. Yo la seguía unos pasos más atrás. Entró en un local de comida rápida. La vi hablar por un teléfono público, marcó por lo menos tres números. Por mientras yo pedí dos cafés y me senté en una mesa a esperarla.

Traté de estirar mi mano sobre la suya, pero ella me rechazó. Me dijo que por mi pasado no podía trabajar en colegios ni en nada que tuviera que ver con niños. Pregunté por Matías. Sabe quién eres, dijo.

Traté de comprobar mi hipótesis sobre su vida. Me miró con dureza. Le conté algo de la mía, mentí. Le dije cuánto la había extrañado cuando estuve en Argentina y en Suiza, que ella y Matías se me aparecían todo el tiempo como en una alucinación, que cuando la había visto hoy parecía una de esas alucinaciones. Mentí también cuando dije que había tratado de volver desde el primer día en que me fui, pero que el consulado no me lo había permitido por mis relaciones políticas. Seguí mintiendo cuando le dije que había vuelto en la clandestinidad, que tuve que decir que era otra persona, pero —y esto que le dije fue lo único de esa conversación que era verdad— ya nadie recordaba nada. Me miró fijo: yo sí. Le tuve que explicar, empecé a mentir nuevamente. En una exhalación dijo:

117

Marta. Dijo que había estado con ella antes de llegar a Santiago. Se encontraron en la estación cuando paró el bus que ella había tomado. Marta le habló con los pocos dientes que le quedaban, con la cara deformada por los hematomas, algunas cosas que había visto. Afirmaba que ese viaje era inútil. Nunca más nadie supo de ella.

—¿Y ahora? —pregunté.

Me dijo Clara que muchos de los que quedaban se habían dejado de ver.

Ella estuvo detenida varios días, hasta que ratificaron quiénes eran sus padres. La dejaron ir hasta Santiago, hasta la casa de ladrillos rojos rodeada de varios tonos de verde, pero sus padres ya no estaban adentro. No hubo un padre que le dijera cuándo parar de llorar, ni una madre que debiera cuidar cuando el padre ya se había ido, sin plata, sin casa, sin mí. Trabajó, vivió sola, austeramente y en silencio. Hasta un día que otro hombre apareció en su vida y en la de Matías. Se casaron, vi el anillo. Matías tenía veintidós años y ella ya no lo cuidaba.

Clara se levantó. Ya no puedes seguir trabajando en un colegio. He cambiado, mentí. Expliqué: era la brisa que venía del bosque, batiendo las hojas, los sonidos de ramas, los crujidos sobre el camino. Marta escuchó a las mujeres que cocinaban, a las mujeres con las que se cruzaba cuando iba en la carreta. Ya no estaba seguro de mentir. No digas nada. Clara me miró y se fue.

118

Mientras la veía salir por las puertas de vidrio, volví a recordar a la Clara de mi juventud. La comparé, la sopesé: esa figura delgada, pequeña y melancólica que fue reemplazada por una redondez, por ropas holgadas, hombreras, pelo teñido y corto, por ojos ensombrecidos, por una fuerza que antes no tenía. Era una figura que se comía la de Raquel, borraba el pelo largo teñido rubio, la pintura exagerada y dramática sobre los ojos azules, su piel excesivamente anaranjada, los pómulos modificados, los labios arrugados chupando un cigarro que dejaba con marcas rojas sobre el cenicero. De pronto, los rasgos de la nueva Clara reemplazaban los de Raquel en ese lado de la cama.

Esperaba a Clara todos los días hasta dar con ella y cruzar aunque fuera una palabra. Después, sólo a veces, la invitaba a tomar un café y menos veces aún ella aceptaba. Cuando estábamos juntos pasábamos largas horas conversando, interrumpidos por llamados de teléfono que ella hacía. De a poco las esperas fueron reemplazadas por reuniones concertadas de antemano para hablar, porque yo necesitaba hablar sobre Matías. Una de esas veces le di un beso en los labios. La siguiente cita fue en la pieza de un hotel. Ahí me contó que ella había anulado nuestro matrimonio por abandono de hogar, pues no le habían permitido insinuar que yo había muerto. Esa insinuación en el Registro Civil la hizo pensar que tal vez yo no había logrado escapar, como Marta.

—Pero —siguió— te detesto.

Se casó con un marino bastante mayor que ella, un sobrino postizo de una tía abuela, y se fueron a vivir un tiempo a Viña. Ahora vivían en Santiago, él estaba retirado.

Ir a esa pieza del hotelito se tranformó en una costumbre, una fascinante costumbre. Una de esas veces me contó que Matías no simpatizaba con su esposo el marino, así que se había ido de la casa. Trabajaba de mesero por las tardes, mientras estudiaba por las mañanas. Me mostró una foto de él. Se parecía muchísimo a mí, incluso tenía el mismo pelo rebelde que yo. Clara no me quiso dar ni su teléfono ni su dirección. Yo, sin decirle nada, empecé a buscar a Matías de la misma forma inútil que la había buscado a ella.

Raquel notó mi cambio. Las veces que lográbamos vernos me llenaba de preguntas. Empezó a sospechar algo, incluso una vez usó el término perder terreno, que estaba perdiendo terreno conmigo, dijo. Y luego, en otra conversación, que ella no era una mujer que pudiera exponerse a perder terreno a estas alturas de su vida.

Yo ya no estaba en mi casa cuando me iba a buscar ni cuando me llamaba insistentemente. Su desespero empezó a crecer, su impertinencia era ahora signo de inmadurez y

120

salvajismo. Me acechaba en las calles, me esperaba afuera del colegio o de mi casa. Hablaba con otros profesores de mí y actuaba con singular normalidad cuando, por fin, la aceptaba en ese lado de la cama, con singular distancia, con singular quietud, con singular melancolía. Ya no veíamos televisión, ni caminaba del baño a la cocina ni al dormitorio contiguo. Se quedaba quieta escuchando, mirándome de reojo, con las manos tensas y las piernas recogidas respiraba con el pecho apretado y su cara conservaba siempre el mismo gesto apretado. Para calmarla, la dejaba buscar entre mis cajones, entre mis papeles, entre mis libros. Mientras estaba en la ducha, mientras me encerraba a cocinar, la dejaba buscar. Nada podía sacarla de su obsesión ni a mí de la mía.

Paseé por todos los restaurantes, bares, cafés y fuentes de soda. En cada uno de ellos preguntaba si Matías Carmona trabajaba allí. A veces me presentaban a cualquier Matías que vestía de mozo. Otras negaban indiferentemente con la cabeza o bien escuchaban mi historia con admiración y compasión, pero nunca daba con mi hijo.

Una de esas veces, una mesera me hizo ver que Matías tal vez no llevaba mi apellido sino el del marino. Recuerdo que temblé ante la posibilidad de todos esos meses desperdiciados preguntando por la persona equivocada. Desanduve lo andado, empecé a repetir el recorrido que ya

121

había hecho antes, preguntando ahora por un tal Matías Cañas como si fuera un extraño. No podía evitar que se me escapara, cuando estaba con Clara, alguna pregunta concerniente a ese hijo que no aparecía. Y Clara, durante uno de esos interrogatorios hechos en la pieza del hotel, me miró con sus ojos oscuros y me extendió un papel:

—Ven a esta dirección el jueves en la noche.

Alcancé a ver a mi hijo unas cuatro o cinco veces. La primera fue ese jueves. Clara no le había advertido a Matías sobre el encuentro, así que cuando los abracé con los ojos contenidos en lágrimas, sin esperar que su madre me presentara, el cuerpo alto de mi hijo estaba quieto y no correspondió el abrazo. Me miró a la cara un largo rato antes de entender quién era. Sin embargo, cuando estuvimos a solas en el departamentito de un ambiente, dijo que sabía de mí, pero no por lo que su madre le había contado. Nadie había sido muy claro. Tuvo que reconstruir cosas, escribirle a sus tíos en Estados Unidos para preguntar, y sólo después de mucha insistencia respondían.

Mi temor a que supiera lo que había sucedido, un hecho que ahora se convertía en algo más grande, se disipó cuando me di cuenta de cuál era la versión que mi hijo —su cara era tan parecida a la mía— tenía de mí.

Me dijo que se había ido de la casa de su madre por el marino. Ellos se casaron cuando Matías sólo tenía catorce años. Se conocieron cuando su madre ya estaba

122

embarazada de los mellizos. El marino quiso darle su apellido y Clara aceptó. Matías me dijo que él se había opuesto, pero no le hicieron caso. Por eso a los diecinueve se fue a vivir solo. En ese momento empezó a usar de nuevo mi apellido, Carmona, aunque todavía no tenía plata para pagar los trámites legales. Me preguntó si tal vez yo le pudiera prestar. Le respondí que eso es algo que debía hablar con su madre; pude ver su desilusión.

Después de eso no tuve que decir nada. Él habló sin parar. Me contó de su vida, de sus aprehensiones, del odio que le tenía a su papá —refiriéndose al marino— porque apoyaba al dictador y él no. Buscó con mis ojos mi aprobación mientras decía esto y mientras continuaba explicando que formaba parte del centro de estudiantes, que sería candidato y que seguramente ganaría. Me habló del estado del país, de la región, del mundo en general, de las alianzas. Yo lo miraba, asentía y agregaba alguna frase para permitir que él siguiera mostrando seriedad de cachorro. No escuché el contenido de sus frases, sólo podía impresionarme cuánto se parecía a mí a esa edad. Y verlo tan pequeño, tan frágil, me produjo fascinación. No lo reconocía y menos aún lo quería. Ahora que estoy aquí me arrepiento de no habérmelo tomado en serio.

Fue esa misma semana, creo, no hace mucho tiempo, que Raquel debe haber encontrado la carta de Marta, única evidencia que no me acordaba haber

123

guardado de aquellos años, entre los libros. Un gesto estúpido, sin duda, que había borrado de mi memoria exactamente igual a todo lo que había sucedido.

Tal vez ese mismo día decidió denunciarme, como una estúpida venganza por mi indiferencia. Seguramente pensó que después de eso las cosas serían diferentes. Que habría un interrogatorio, que yo lo negaría y que, sin pruebas concretas, saldría del paso y volvería con ella. Pero cómo pudo pensar que volvería a su lado tras denunciar que yo me había involucrado con más de una apoderada del colegio –con quienes no mantenía ninguna relación formal–, que estuve vinculado con un caso de pedofilia –así lo pusieron ellos– hacia una de mis alumnas, que tenía miedo, según algunos comentarios de su hija, que yo estuviera repitiendo esa actitud ahora, y que se presentara la mismísima Denisse a decir que el acoso era efectivo, en un retorcido acto de venganza hacia mí o hacia su madre.

Así que cuando recibí una carta de parte de Raquel ordenándome volver a ella, amenazándome sin decir que tenía en su poder la carta que me había escrito Marta, pero usando las mismas palabras, las mismas expresiones, cambiándole el sentido y el contexto, me acordé. Se me vino a la mente la carta dentro de mi bolsillo y luego dentro del libro de Primo Levi. Lo abrí, recordé de nuevo: el bolsillo, el pastizal, el fuego, la caminata, la herida, la

124

huida, el arrepentimiento, la amenaza de una denuncia y el libro de Primo Levi en el bolsillo de mi chaqueta.

Andar por los pasillos del colegio, hablar tranquilamente sobre el Estado, la Nación, la construcción de Italia y Alemania, el siglo XIX y el XX ahora se me hacía imposible, porque eran asuntos sin importancia, porque mis palabras, mi conocimientos, mis paseos por esos pasillos y baldosas no tenían más sentido que el de una espera.

Era ahora Raquel quien no me contestaba el teléfono y yo quien marcaba su número insistentemente. Era yo quien iba a su casa, quien la buscaba cuando su hija salía por la reja. Era ella quien no aparecía. Seguramente retomó su ritmo constante, su carcajada, sus paseos desde el dormitorio al baño y a la cocina antes de volver a la cama, a tomar el control remoto, a ver, a escuchar, a no pensar, satisfecha.

Así que esperé haciendo clases, caminando por los pasillos, corrigiendo pruebas, contestando las preguntas de los alumnos, prestándole mis libros para que los fotocopiaran, hablando con ellos, con ellas, yendo a visitar a Matías, escuchándolo hablar así como había escuchado a su madre los meses anteriores. Escuchaba a Matías hablar sobre mí. Él también, como yo con Clara, me había fabricado una vida que yo no me preocupé por desmentir. Terminada cada frase, él agregaba: ¿no

125

fue así? Y yo lo miraba con una sonrisa y no podía más que asentir. Él quería ser como yo, me lo dijo al fin en mi cuarta o tal vez quinta visita. Y cuando lo hizo sus ojos brillaban mientras me mostraba una foto de la joven Clara junto a un joven Roberto, sosteniéndolo a él recién nacido delante de los ladrillos rojos y el verde frondoso.

Repasé el lugar como si mi vida se me fuera en eso, mientras el dueño de esa oficina, de esos estantes y de los libros me hablaba. Se trataba de un joven que había venido a poner orden a este colegio, en un puesto otorgado no a una persona, sino a un nombre. El joven gordo me miraba. Me miraba también la representante de los apoderados, él y el presidente del centro de alumnos, él y su uniforme azul con gris, él y dos profesores, de inglés y de química. Un administrativo, un abogado que nunca había visto. Mi pelo blanco sobresalía entre las crestas negras y tibias. Sus trajes azules, cafés y grises se confundían con los lomos de los libros en el estante enciclopédico, libros para educadores, tres tomos de *La divina comedia*, uno grande de *El Quijote* y algunos griegos para darle peso a la oscuridad de los vidrios. El olor a papel, a polvo, a oficina y a biblioteca, a encierro. La mesa, la madera vieja, enmohecida por los recuerdos de los brazos grasosos y los papeles que se posaron sobre ellos antes de que ninguno de esos cuerpos que me

126

miraban siquiera pensaran en existir. Olor a pelo lacado, a tintura, pelos oscuros frente al mío encanecido.

Las preguntas resonaron: ¿por qué se fue? ¿Pertenecía a alguna colectividad? ¿Se casó alguna vez, profesor? ¿Conoce el sur de Chile? ¿Vivió alguna vez allí? ¿Tiene ahora algún alumno favorito? ¿Siente alguna predilección por las alumnas mujeres? El abogado levantó su cuerpo enfundado en café y celeste y dejó entrar a Raquel y a Clara. Ojos destellantes, poderosos. Ojos fríos, distantes, oscurecidos. Raquel dio su versión: Denisse. Clara la suya: nos casamos, tuvimos a Matías.

Mientras Clara hablaba, sus ojos miraban el suelo evitando que las lágrimas salieran. ¿Por qué llora, señora Cañas? Las facciones de Clara por fin más redondas, sus ojos duros, su pelo teñido y sus hombreras. De repente la vi cansada y de nuevo frágil, así que una vez más mentí: todo es verdad. Raquel, Denisse, María, Clara, ¿no eran lo mismo? Ojalá Clara lo haya entendido así.

6

Lo vi apoyado en un árbol y mirando a mi abuelo. Se quedaron así un rato, luego el viejo se sentó. Él sacó un cuaderno viejo con tapas duras de cuero.

—Por más que se esforzase, no sería capaz de mover ese árbol —empezó mientras buscaba por las páginas—. En cambio el viento, que no vemos, puede zarandear y doblar el árbol a su antojo.

El viejo abrió el libro en una página. Había una foto y una firma: Raimundo Walbach. Sabía que Walbach era el segundo apellido de Ignacio.

—¿Te impresiona?

Era más bien un sobresalto producto de los hechos tejidos alrededor de nosotros.

—Ocurre con el hombre lo que con el árbol. Manos invisibles son las que nos zarandean y nos doblan.

El viejo sacó una página suelta y leyó en voz alta: «El tiempo, que no se detiene, puede que no exista y que sea lo que más dolores ha causado a nuestra existencia. El tiempo entrega un peso doloroso. Es la marca de los días, la cicatriz que se repite. La pregunta que debemos hacernos ahora, en este tiempo, tan lejos tú y yo de nuestro hogar, es si existe el olvido.

«Han dicho que nuestras vidas se definen con la muerte, que la muerte llega a tiempo. Yo te digo, amigo mío, que esto no es así: "¿Cómo quiere morir a tiempo quien nunca ha vivido a tiempo?"».

«No podemos olvidar, y esto lo hemos aprendido a través de duros pasos, que seguimos viviendo aún después de la muerte, igual que los cuerpos en los ataúdes. La memoria de los otros nos mantiene vivos a la vez que nuestra imagen se vuelve más nítida. Hemos aprendido a duras penas que la descomposición del cuerpo debe exceder el tiempo de nuestras memorias.»

No pude evitar sacar en medio del patio el pequeño cuaderno de tapas de cuero lleno de anotaciones, perteneciente al abuelo de Ignacio, mientras esperaba que se abriera la puerta. La noche anterior había vuelto a mi casa, trastabillando al tratar de leer el libro bajo la luz y la neblina de los postes. Las anotaciones en alemán se intercalaban entre otras escritas en castellano con casi la misma frecuencia. Eso fue lo primero que le había preguntado, pero el viejo no fue capaz de responderme de una sola vez; parecía abandonarse de repente a sus pensamientos –le sucedía cada vez más– y sólo repetía como un disco rayado las mismas historias que yo ya había oído antes. Sólo cambiaba algunos detalles, a veces su reacción de asombro era incluso más exagerada, a veces lo que le respondía mi papá lo decía él, a veces las discusiones con Raimundo terminaban en conclusiones opuestas. Hasta que al final se quedó dormido enterrado en su sillón de cuero con el cuadernito en la mano. Yo lo tomé sin pedírselo.

Las notas empezaban así: «¿Qué es una coincidencia sino una interpretación que se forma por la experiencia de quien observa?» Intercalada, aparecía una cita en alemán, un pedazo que difícilmente logré entender; creo que se refería al correr del tiempo, a la sucesión de hechos y a una tristeza que, supuse, nacía de ello. Luego seguía en castellano: «Elegir un principio y un final los transforma y transporta al espacio de lo inteligible, al mundo de las ideas, les da un sentido, tan claro como me resulta el que yo tomo cuando voy por este camino entre el espeso bosque».

La página siguiente estaba escrita en tinta verde y marcada con el 2 de febrero de 1928: «¿Puede uno vivir en el caos sin reconocer la ficción, sólo el vacío ocupado por formas dotadas de nombre que repetimos por una fe que sabemos no existe? Mi premisa es que el que tiene fe siempre debe dudar; ese es un aspecto natural al sabio. Con sorna recuerdo ahora precisamente a aquellos que «quieren que se tenga la duda por pecado»: esos son dignos de mi desprecio». Marcaba el final de la página con unas iniciales y un número: la F, la N y el 25. Había un dibujo en la mitad de la página, un rectángulo vacío con una flecha negra en su interior.

Las páginas siguientes se habían vuelto ilegibles, la tinta se había borrado con el tiempo y la humedad. Se podían notar, eso sí, algunos dibujos; se distinguían, entre los trazos de tinta aguada, paisajes: playa, bosque, la punta de una iglesia entre los cerros.

La noche se volvía invernal al andar. La luz, a medida que se desvanecía, dibujaba cada vez menos los bordes de los edificios y las luces interiores se iban prendiendo para revelar lo que sucedía dentro de las intimidades; de a poco sentí llegar el frío: «Destacar el color de un zapato en la multitud que se agolpa en un balneario como éste y relacionarlo por similitud o contraste con el color del agua, o con la publicidad en la revista que fue abandonada en el banco frente a mí, es sólo posible según el entrenamiento de este ojo que ve. Ver la belleza donde para otros pasa desapercibida es una decisión que a veces no tomamos con nuestro consentimiento. Enamorarse tiene algo de eso. La fe también».

Releí ese pasaje recién cuando la luz que cae sobre estas páginas viejas toman el color oscuro de la tierra bajo mis pies y de la puerta que espío desde aquí. Las botas de hule de los niños que pasan encienden con un brillo fugaz este primer día frío. La imagen se volvió nítida

134

y real. Creo que nunca había visto con otros que estos ciegos, torpes ojos míos. Los cuerpos se fundieron con el fondo como si fueran una sola pincelada de un cuadro, y de un momento empezaron a sobresalir los cuerpos. En medio de esa multitud el pelo brillante de Ignacio sobresalía como si detrás de él hubiese una luz que sólo mis ojos notaban. «Admiración»; abrí el cuaderno en una página en blanco y escribí una definición libre al modo en que poco menos de un siglo atrás lo había escrito el amigo de mi abuelo: «Ver por primera vez».

Los ojos de la Mariana se posaban sobre mí tal como si estuvieran mirando una silla. Me senté a su lado, pero ella no me escuchaba. Sus ojos estaban inquietos buscando de un lado a otro, nerviosa. Sólo después de un rato se sacó los audífonos, pero la música seguía como una sonajera. Apagué su radio. Me quedó mirando con impresión por la confianza que me había tomado al agarrar la máquina amarilla de entre sus manos. No estaba muy acostumbrada a ese tipo de acercamiento. La veía confusa, al rato decidida a no creer que yo la venía a buscar a ella y de nuevo nerviosa, hilando entrecortadamente las palabras. No pasó mucho tiempo desde que sus ojos dejaron de moverse por el patio para fijarse en Sarfati, que pasaba por el otro lado del patio. Él volvió la mirada después de levantar levemente la mano. Mariana se puso de pie y yo con ella. Deliberadamente caminé a su lado, escuchando sus monosílabos roncos como menudas lenguas que se acercaban hasta mí. Los ojos de Mariana veían cómo yo era con el Perro, con el Esteban. Notaba mi estatura, mi corte de pelo, sentía mi olor. La asustaba.

Se detuvo en la mitad del patio. Finalmente Sarfati se fue y ella pareció de nuevo nerviosa. Nos metimos por una puerta y anduvimos por un pasillo solitario. Me observaba de reojo, yo aprovechaba su supuesta indiferencia para mirarla con descaro. Se mordía el labio, como si no supiera qué hacer con las obvias razones que me acercaban a ella. Me habló, no muy claro al principio, sobre la muerte de Nicolás.

—Suicidio —corregí rápida y naturalmente.

—Entonces están seguros.

Están.

—¿Quiénes? —pregunté.

—No sé. La familia, los amigos —y, después de una pausa—. Ustedes.

Nosotros.

—Nosotros estamos seguros, aunque la familia no. Sus amigas han escuchado otras teorías y ahora ellas dicen no estar seguras.

—Algo escuché. ¿Y había alguien más? Quiero decir, ¿pudo haber otra persona? ¿Un asesino?

136

Un asesino.

—¿Un asesino? No. La policía descartó la presencia de extraños.

—Entonces cómo ustedes pueden estar tan seguros. Ustedes.

No pude evitar sentir satisfacción ante su descontento, ese descontrol que empezaba a emanar de sus gestos, de su tono.

—Quiero decir que cómo pueden estar tan seguros de lo que pasó entre esas cuatro paredes si sólo hubo dos personas allí.

Serenamente provocadora.

—Lo que hay allí nos indica lo que pasó, las personas...

—¿Cómo —me interrumpió, su cara estaba roja a punto de explotar— pueden estar tan seguros de lo que ocurrió allí, donde no había nadie más que ellos mismos, si ni siquiera se puede estar seguro de lo que le pasa a una persona que está entre las mismas cuatro paredes que uno?

Lo había dicho.

—Hay instancias, movimientos, actos, cosas que expresan claramente lo que van a hacer en momentos específicos.

Ahora estaba molesta y transparente. Le traté de explicar que hay cosas que irritan a las personas porque les recuerdan otras situaciones, son como marcas que se quedan en nuestro cuerpo y nos hacen actuar de cierta manera. Las mismas cosas hacen actuar a las personas más distintas de manera parecida. De un momento a otro, con malignidad, le lancé mi teoría citando a Raimundo: esas personas que para relacionarse necesitan una especie de pared, algo que marque una distancia y los mantenga separados. «Uno», le dije, «puede ponerle varios nombres, pero es esa pared la que los mantiene uno al lado del otro. Porque cuando esa distancia ya no está, o cuando se cruza esa pared, la amistad, el amor o lo que sea tiene que terminar, porque la razón misma para que existiera era esa pared». Le expliqué que «a veces mirar por encima de la pared, ver lo que hay allí desnudos y sin protección puede ser una desilusión», terminé seguro.

Mariana me miró directo a los ojos. De un momento a otro su cara ya no estaba roja y sus ojos se le llenaron de agua. Entonces vi a Álvarez a lo lejos y me fui, lleno de la satisfacción de haber entrado sin ninguna dificultad donde no me esperaban.

Esa noche Sergio se fue sin probar la pizza. La casa se escuchaba vacía y yo no podía dormir. Apagué el televisor y aún así no pude dormir sino hasta las seis de la mañana. El teléfono me despertó a las once. Contesté maquinalmente y una voz de mujer me dijo aló y luego

138

nada más. Traté de dormir un poco más, pero una hora y media después había perdido toda esperanza.

Ese fin de semana lo pasé sola en mi casa. Mi mente me ahogaba con los recuerdos del viernes, que conviven con imágenes como la del teléfono sobre mi mano sin atreverme a marcar el número de su casa, la puerta del refrigerador abierta, el pasillo con el reloj detenido a las tres, las sillas blancas del patiecito llenas de polvo, un zorzal saltando encima de una rama, el sonido monótono de los autos en la calle, en la pantalla del televisor, los créditos de una película que terminaba.

Recién el lunes boté la pizza. Cuando nos informaron sobre el suicidio de Denisse busqué a Sergio, pero no apareció. El viernes el Guatón Trabucco me dijo que no había ido a clases en toda la semana, aunque, según él, en las mañanas estaba seguro de haberlo escuchado decir presente desde el fondo de la sala. «¿Adónde iba a ir si no tiene dónde?», me preguntó mostrando los dientes. El Guatón Trabucco no sabía nada de la vida de Sergio, eso no era ningún misterio, pero ahora me daba cuenta de que yo tampoco.

Todos esos pasos en falso me llenaron de ansiedad. Ya no sabía si esconderme en lugares oscuros y caminar por calles chicas, donde había menos probabilidades de encontrarme con él, o si ese sería justamente el escenario perfecto para nuestro encuentro, donde nos veríamos

139

de verdad tal cual éramos: un pasaje oscurecido por los plátanos orientales, con el viento sobre las ramas peladas del invierno, con las semillas zarpullendo nuestra piel semidesnuda de primavera o aislándonos del sonido de los autos y del calor en el verano. El encuentro no se pareció nada a esa escena cien veces imaginada. Fue en el comedor a la hora de almuerzo. No nos dijimos nada de importancia. Su indiferencia me pareció por primera vez la misma que antes; es decir, todas las horas que habíamos pasado juntos no fueron más que una interpretación incorrecta que había hecho que se tiñeran de un color menos desesperado. El tiempo se abrió. No lo podía asegurar, ¿era efectivamente el de antes?

Tal vez desde sus inicios nuestra amistad estaba destinada a romperse; no esa noche, que es como una bisagra en la línea recta del tiempo, ni tampoco en los meses siguientes. Tal vez solamente forzamos una amistad que nunca debía suceder, porque se dio sin naturalidad, por la obstinación de alguno de los dos. Tal vez las relaciones tengan una vida útil. Nunca tuvimos oportunidad de hablar de lo que pasó; nunca más caminamos por la calle, nunca más nos reunimos cerca de su casa a tomar café, nunca más paseamos por los parques ni nos telefoneamos, nunca más hablamos. Él terminó el colegio y nunca más lo vi.

Uno podría preguntarse qué pasó conmigo, cuál fue el momento que marcó el antes y el después. Preguntarse adónde se fue ese niño que solía ser yo, adónde se fue el cuerpo pequeño, los ojos abiertos que solían sentarse al lado del abuelo con devoción. Me gusta pensar en el ave fénix, que revive nueva y fortalecida, pero continúa siendo la misma. A mí me pasó hace unos tres años con ese librito de tapas de cuero que se parecían atípicamente a un ataúd.

Mi abuelo murió poco después de mi última visita, así que nunca le pude preguntar por la naturaleza de las anotaciones, las cartas, las hojas sueltas y los dibujos de Raimundo. Tal como mi propio abuelo solía decir sobre los libros que causaban un efecto singular en el lector, éste llegó a mí justo a tiempo. Llegó para llevarme por un nuevo camino, el que separaría el antes y después. Ese Salvador de antes no era en realidad yo, sino un ensayo que no podía esbozar en lo que me convertiría. Puedo sí describir con una distancia objetiva el modo en que abandoné esa mente ingenua y primitiva. Además, cualquier cosa que hubiera escrito con las ideas que tenía, como la persona que era, hubiera sido borrada, pues nadie quiere que lo recuerden como a un marica.

En reiteradas ocasiones me pregunté qué podía hacer uno para acercarse a quien se admira tanto. Ese día

141

en que aparecí con el librito de cuero tuve mi primer triunfo sobre Ignacio. Supuse que él habría visto ese librito antes y era obvio que estaba en conocimiento sobre la camaradería que vinculaba a mi abuelo con el suyo. Se puede suponer, tal como hice yo, que el viejo Raimundo no escribía mucho, y si uno se pone a ver la fecha de las entradas notará que cada vez escribía menos. Las anotaciones del libro se alargan desde la década del veinte a la de los ochenta, cuando murió; es decir que se dedicó a hacer cosas más que a escribirlas. Eso fue lo primero que aprendí de él. Mi aprendizaje fue guiado desde entonces por los libros que el viejo recomendaba en los pasajes que iba citando.

Tal como supuse, unas semanas después de pasearme de aquí hacia allá con el librito de tapas de cuero él me interceptó en la esquina del colegio. Me pidió el libro. Yo aproveché una de las citas: «¿Acaso hay que destrozarles el oído para que aprendan a oír con los ojos?». Le causó risa, me dijo si acaso sabía lo que eso significaba o de adónde venía. Era realmente encantador.

Caminó a mi lado sin dejar de contar seriamente y de manera bromista cómo vivió su infancia con su mamá y su abuelo. Éste tenía una pieza, una especie de escritorio, donde se encerraba todos los días por la mañana, incluso los domingos; el libro de cuero siempre estaba en el primer cajón de ese escritorio. Cuando

142

supo que tenía cáncer, se recluyó todavía más en esa pieza. No se quiso tratar, así que cuando el abuelo ya no tenía voluntad y prácticamente un pie en la tumba, la mamá de Ignacio lo llevó a la clínica. Por primera vez el escritorio había quedado abierto y el pequeño Ignacio pudo meterse en la habitación. Sin embargo, el librito que tanto lo había intrigado no estaba allí. Ignacio dio vueltas el lugar; la mayoría de los cajones y repisas estaban bajo llave. Había muchos otros libros con papelitos que sobresalían de sus lomos; había fotos, hasta álbumes enteros que permanecían entre los libros como si tuvieran alguna relación. Allí Ignacio encontró una foto de sus bisabuelos muy jóvenes, recién llegados a Chile. No había nada que hablara de antes, todo empezaba en aquel momento en que se instalaron en el campo del sur, cuando su bisabuela estuvo embarazada. Había otras fotos de Raimundo cuando chico, de él entre otros niños, de los trabajos que hacían y de cómo empezaron a crecer hasta abrir la fábrica en Santiago. Una de las imágenes le llamó la atención: la del bisabuelo dentro del ataúd. Vio fotos, cartas, dibujos a los que ese hombre muerto era aficionado.

En muchas fotos y dibujos del abuelo de Raimundo desde la década del veinte aparecía junto a otro hombre: «Tu abuelo», me dijo. No lo había reconocido. Nuestros abuelos se hicieron amigos cuando se hospedaban ambos

143

en la misma pensión de la calle Domeyko, cerca de la Escuela de Ingeniería. Raimundo Walbach estudió allí. Mi abuelo había recién llegado escapando de su mala racha y atendiendo una carta de unos amigos que le hablaban de oportunidades. En la pensión de la calle Domeyko, «que todavía existe si quieres ir a verla», pasaban horas juntos, conversando sobre libros, sobre la vida, sobre política, sobre su país. Leían los diarios y se trataban de explicar lo que estaba sucediendo allá, tratando de encontrar qué hacer desde tan lejos. De pronto algunas personas a su alrededor empezaron a escuchar lo que ellos hablaban, les concedían autoridad. Se empezó a armar un pequeño círculo que contribuía con sus visiones sobre los temas que proponían en cada sesión. Se organizó de tal modo que todos participaban por igual, pero no podían evitar escuchar con más atención, como si tuviera un sesgo de verdad, eso que los dos jóvenes inmigrantes decían. Años después, cada uno se casó con su novia. Se siguieron viendo con la misma frecuencia. Mientras, sus empresas crecían, y también su influencia. Los planes se volvieron más ambiciosos: no más pequeñas manifestaciones donde los estudiantes que los apoyaban salieran heridos o muertos, ahora querían construir algo a largo plazo. Mi abuelo, al parecer, era el cerebro del asunto. Raimundo era la labia y el carisma, concluí. Esta cualidad le valió el respeto a este último, quien se transformó rápidamente

144

en el presidente de las reuniones, en el que llamaba al orden cuando era necesario. Juntos lograron organizar a un grupo de jóvenes empresarios extranjeros que seguían con disciplina militar las maniobras planeadas en esas reuniones. Armaron una red de influencia; a través de un interés puramente económico plantaron la simiente de sus ideas. Disciplina, orden, respeto, castas, valor de la tierra, amor y orgullo, nada era gratis. Lo lograron, dijo Ignacio, aunque no estaba seguro de qué significaba eso. Los periódicos de la época mostraban noticias poco claras, seguramente porque en las redacciones también había gente afín a las ideas de los cabecillas. «Un día mi abuelo y el viejo Stäbler se pelearon», dijo Ignacio. No sabía exactamente cuándo ni por qué, pero mi abuelo dejó de aparecer en las fotos y en las listas de asistencia a las reuniones que se leían en las anotaciones.

Ignacio caminó a mi lado durante algunas semanas. Me contó todos los detalles de esto. En todo ese tiempo no me habló más del librito. Me imagino que dio por hecho que se lo devolvería, pero no fue así. Por el contrario, me lo quedé para estudiarlo con detenimiento. Luego mi abuelo se murió y el librito fue, creo yo, absolutamente mío. Tenía en mi poder el libro de los pensamientos más íntimos, el único que escribió el viejo Raimundo.

Me salté varias páginas para avanzar. En la mitad había una foto de un grupo de hombres vestidos de terno, con cigarros entre los dedos y una bandera de tres tonos de rojo entre sus manos, con un símbolo que se distinguía apenas porque el viento la hacía ondear.

En esa página la letra de quien escribía cambiaba radicalmente, se volvía más ordenada, apretada y puntuda: «Somos humanos, cuerpos que viven en un mundo donde se nos ha hecho despreciarlo, hacernos creer que no somos sino un disfraz prestado, pues sólo puede incitarnos a acciones que reprobaremos. Dejemos atrás creencias de débiles que son incapaces de encontrar belleza donde la hay: elevemos el cuerpo y con ellos elevaremos al hombre, a su razón, a su espíritu y a lo que han llamado alma». En el borde de la página estaba escrita una cita en alemán y traducida libremente al castellano y al inglés: «Esos ni siquiera han llegado a ser hombres. ¡Que prediquen la renuncia a la vida y se vayan ellos mismos de este mundo!»

En la página siguiente había un símbolo muy parecido al que se adivinaba en la bandera, un círculo con una figura en su interior, luego había frases que no se entendían, y al final de página se podía leer apenas: «Lo que la certeza de lo que tenemos nos da». Este pensamiento seguía en la página contraria: «Debemos por lo menos aceptar que cualquier factibilidad que hay en este mundo está lejos de ser infalible. Todo cabe, incluso la creencia de que el plano de la ciudad que conocemos

146

coincidirá con el que vimos ayer; una línea de la cara que nos recuerda que somos el mismo; un cuerpo».

Esa noche me senté a la mesa con mi papá y mi hermano, los observé. Vi su indecisión, vi sus cuerpos blandos, sus gestos indecisos engullendo la comida, los vi tragando dificultosamente y pasando el vino por la garganta con un sonido duro y desagradable hasta que sus ojos se empezaron a achicar, sus lenguas a adormecerse. Hablaban apenas, discutían sin tino ni sinceridad, no se reían nunca asustados por el interlocutor, asustados por las palabras, inmovilizados. Era otro mundo el que se presentaba en las páginas de las notas de Walbach, una especie de mundo paralelo; era, como él lo había puesto, una cuestión de voluntad. Me paré de la mesa y me encerré en la pieza en total silencio frente al libro.

Me desperté con la luz del sol despuntando por encima de la cordillera, iluminando recién las puntas de los edificios. Se dibujaban suavemente los contornos de los cuerpos grotescos que caminaban a primera hora por fuera de la reja, más allá del patio, como fantasmas. Nuevamente tomé el libro. La luz era radiante mientras caminaba por los jardines del colegio y se me aparecieron en toda su absurdidad el gesto falso de la adultez en los niños. Entre ellos resplandecía Ignacio. Conversamos, caminamos nuevamente. Me presentó al resto, inspirado, según me dijo, en las ideas que Raimundo había escrito

147

en ese librito del que me había apoderado y que sólo había podido ver una sola vez antes de que fuera enviado, por disposición del viejo, a mi abuelo como signo de reconciliación: la disciplina corporal, mental, espiritual, que hacían imposible no ver la fuerza como un halo de luz dirigido desde ellos hacia el futuro. Conversamos Ignacio y yo. Su posición y su estrategia no le permitía demostrar preferencia por mí, pero era ostensible. Paseamos por las calles hasta llegar a su casa, que había sido de su abuelo y que su mamá, hija única, había heredado. La historia sobre nuestros abuelos rápidamente se convirtió en la nuestra. Amparados bajo una luz y una inmensa biblioteca hablamos de los libros que mencionaba el viejo en sus notas, de los clásicos, de otros que nunca habíamos oído nombrar. Ignacio sacaba cada tanto un ejemplar de la biblioteca, alguno lleno de polvo y alguno limpio, indicando que alguien lo había tomado hacía poco. Todos tenían anotaciones del viejo al lado: libros en castellano, en alemán, en inglés, algunos que según concluimos estaban en portugués, en lenguas que no podría asegurar de dónde vienen y cuyas grafías indicaban una procedencia incierta, tal vez algún dialecto del árabe. Ni Ignacio ni su madre sabían qué era esa biblioteca. Aseguraban que habían sido donaciones, y en esa casa servían sólo de decoración. Ignacio me llamó la atención sobre unas anotaciones en particular que habían sido hechas por otra mano. Reconocí la marca de la letra de mi abuelo, su severidad. Los rastros de la amistad entre los dos plagaban esa habitación. No quise batir el entusiasmo de Ignacio diciéndole que mi abuelo no guardaba ningún recuerdo de Raimundo y que la primera vez que había escuchado sobre él había sido cuando me siguió a la casa de República de Cuba.

Luego vinieron los sobres. Al principio yo sólo los repartía, un mes después tuve que doblarlos. Lo hacía en clases de Castellano y de Arte, donde inventé una especie de escultura a base de papeles doblados que me daba la excusa perfecta para hacer los sobres y luego entregarlos a Thayer y Giulisasti. Finalmente me invitaron a entrar por esa puerta que tantas veces había espiado. Adentro estaba Ignacio, quien me trató con una seria indiferencia mientras ordenaba las cajas. Me quedé parado sin saber qué hacer. «¿Trajiste los paquetes?». Se los entregué. Thayer y Giulisasti metían algunos papeles dentro de una cartulina con un pequeño mensaje, o bien ciertas pastillas rojas que golpeaban con un martillo de madera. En otros ponían un polvillo blanco. Ignacio los sellaba y daba las instrucciones personalmente. De repente, por una puerta interior que parecía clausurada, apareció Carmona, a quien no veía desde que me había hecho clases de Historia el año anterior. Tomó unas cajas, unos sobrecitos y salió por donde había venido. Ignacio y

149

él se comunicaron sólo con gestos que denotaban una explícita familiaridad entre ellos. Luego Ignacio se paró y repartió los paquetes entre Giulisasti y Thayer: este es para Rodríguez del tercero C, este para Pastene, este para Armiño. Y así continuó repartiendo: Claro, Rivera, Pavic, Vivanco, el Negro Daza, Nicolás Alfaro, Carla Ruminas, Catalina Guzmán. Luego: Nebel, Vargas, Alejandro Parot, el Parot chico, Frey, el Nico, la Paula, la Romina Miller, Marcos Tobar, Manuel Facuse, etcétera.

—A todos —dijo Ignacio— una semana, máximo.

¿Un simple tráfico de drogas?, pensé.

«Mucho más que eso», me dijo una vez solos camino a su casa. «Estamos tratando de crear un futuro». ¿Amigos? «Podría decirse», contestó. «Usamos el movimiento de la Juventud Cristiana para escudarnos de las autoridades del colegio y la imagen de una red de distribución de drogas frente a los jóvenes, nos da un no sé qué que les parece interesante. Partimos tanteando terreno con el polvo. Es para ver en quién podemos confiar y en quién no. Después les entregamos estas especies de misiones, así los formamos para que encuentren algo bajo nuestra guía. Y, bueno, la de la pastilla roja; eso es para unos pocos. Las misiones se ponen cada vez más complicadas, dependiendo del nivel de lealtad y utilidad que notemos». Soldados. «Sólo cuatro personas saben de esto: Giulisasti, Thayer, yo y ahora tú».

150

«Desde que pusimos en marcha esta idea los fracasos no han sido más que dos, y ninguno de gran consecuencia. Se han callado y aún nos piden favores. Ya ves, podríamos mandarles a hacer lo que quisiéramos y lo harían igual. Míralos: no hay sol ni luz para ellos, están sumidos en una gran bruma sin forma que los aterra. Sus miradas deambulan de un lado a otro, idas; sus movimientos dudan, sus posturas no afirman nada más que su delgadez, sus oídos no oyen, sus pupilas están perdidas, sus pies no saben dónde pisan, a sus manos se les escapan las cosas, oyen sólo ruidos, dan gritos falsos, no ven más que ídolos; sus libros descansan inertes sobre los veladores, sus cuadernos tienen dibujos sin sentido, sus narices no huelen más que la comida que está frente a ellos y el polvo que nos compran, sus pulmones inhalan el cigarro de mala muerte, sus dedos inseguros los sujetan con fuerza, respiran el humo de las micros, el polvo de las calles de esta ciudad y de las industrias sin decir una sola palabra; sus pies pisan mierda en la calle y se tropiezan con los mendigos en silencio amendrentados; suben las escaleras satisfechos de su propia mediocridad. Y aquí estamos tú y yo para darles algo mejor.»

Desde entonces empezamos a planear las misiones juntos, así pasábamos el rato después del entrenamiento. Nos reíamos mucho de la docilidad de algunos. Podíamos ver al Sebastián Gutiérrez seduciendo a la Javiera para

151

entrar a su pieza y robarle el anillo que le había regalado Thayer. Podíamos ver a Vladimir dando vueltas por las calles de la ciudad y sacar el promedio de cuántos autos pasaban al día por Santa Magdalena. Nos imaginábamos a Parot fotografiando a Carmona en una de sus citas con su ex esposa y luego con la mamá de la Denisse. Mandábamos a Claro a la población cercana a su casa para comprar; lo obligamos a negociar con esos tipos, pedirles un descuento. Los endurecíamos contra el miedo, contra el tedio. No todos se atrevían o querían. A esos les pedíamos que fueran a la casa de la mamá de Ignacio a botar una pared, que fueran a ayudar a construir mediaguas, que llevaran a un grupo de niños de las poblaciones al cine, que les construyeran mesas, sillas y pizarrones para sus clases.

Les ordenábamos que mataran a un gato, que quemaran a un perro, que secuestraran a un niño sin familia, que hicieran desaparecer por dos horas a la hermana chica de Parot, que se deshicieran de las personas que no nos servían, que ofendieran a Gorman, que les rompieran el corazón, que las hicieran expulsar del colegio. A veces no decíamos nada más que se aseguraran de que nunca más los viéramos. A aquellos más avanzados los obligamos a entender el uso de las armas de sus papás, que aprendieran dónde las tenían guardadas, que se juntaran en el cerro a disparar. Obtuvimos excelentes resultados, exceptuando los cuchillazos en las piernas de Claro.

152

Un día fuimos a la habitación que alguna vez fuera el antiguo escritorio del viejo Walbach y hurgamos en el libro: «Lo que tiene de grande el hombre es ser puente y no fin», empezaba una página donde había dibujos de hombres con cara de animales. «Caminamos hacia el ocaso con paso cómodo; deberíamos abalanzarnos, pues más allá de esa noche en que el hombre débil desaparecerá está el que levantará la cabeza del imperio al lado del mismísimo Dios. Finalmente botaremos su corona de flores. Este nuevo día, donde el cuerpo del hombre aparecerá perfectamente recortado contra la esfera solar que estará saliendo por la punta de la montaña, no se regirá por otra ley más que por la superioridad moral.»

Esa tarde soñamos en llevar a cabo lo que el libro atestiguaba eran los deseos de nuestros abuelos. Fácilmente nuestra cofradía empezó a hacer resplandecer el brillo del mañana, un aura pasmante que invitaba a otros a buscar respuestas en nosotros.

¿Dónde está ese cuerpo que estuvo con Sergio ese viernes, ese cuerpo que era observado los días y los meses que siguieron por Salvador, un cuerpo menudo y claro, envuelto en un uniforme escolar que se volvía brillante de tanto plancharlo, que se descosía en la basta y en las pinzas?

153

La mirada de Sergio, como dos rayos del pasado, se posó sobre este cuerpo reconociendo aquello que ya no es. Y su mirada trajo todos los pedazos de esos segundos, obligando a mis propios ojos a reconocerlos como si fueran propios. La mirada tiene esa forma, tan básica, de unir, de hacer brillar solidez, y la nada entre cada una de esas piezas infinitesimales queda reducida a cero. La mirada de los demás es la traba que impide nuestra comprensión de la naturaleza de nuestros cuerpos, de cada una de estas partes que han dejado de ser quienes somos. Caminamos y, a medida que lo hacemos, el aire que ocupaba ese espacio que hace unos instantes veíamos delante nuestro se ha escapado en parte por los lados y en parte a través, convirtiéndose en un trozo de nosotros. Al siguiente paso dejamos inevitablemente atrás ese aire, el mismo que recorrió corpúsculos, venas, tejidos, otros cuerpos que habitan el nuestro y que brotan por la piel hacia el exterior para introducirse en el cuerpo de aquel que viene justo detrás. Aun así, la mirada insiste en ver la separación. Y quien escucha, ¿no siente cómo se agolpan los pesos de otros tiempos, instantes, horas, años?

A Ignacio no le complació la presencia de Mariana en mi vida. Lo insinuó una vez que preparábamos las misiones. Dijo que ya era hora de asignarme a alguien,

154

como a Thayer, a Daniel, a Nicolás. En esa oportunidad Giulisasti no se encontraba presente, podría haber votado a favor. Como estábamos sólo Ignacio y yo, le hablé como amigo, algo que no solíamos hacer desde el momento que poníamos pie en esas habitaciones. No le dije eso sí que desde hace ya un tiempo yo mismo me había impuesto una misión de carácter muy diferente.

Mariana. La neblina en sus ojos era triste y cabizbaja. Se comía las uñas, usaba el pelo corto, casi a ras de la cabeza, cuatro aros en cada oreja, siempre tenía puesto el mismo chaleco viejo y feo, incluso en verano, no podía estarse quieta y cambiaba la posición de su camiseta cada dos minutos. De a poco sus ojos se empezaron a poner rojos y se alejó de sus amigas, se puso a trabajar, como si le hiciera falta la plata. Muchas veces simplemente no llegaba al colegio. Se pasaba los recreos y clases enteras durmiendo en la biblioteca con una revista en las manos.

Hablaba con ella cuando podía. Al final siempre encontraba alguna razón para separarse de mí. Yo solía meterme en sus cosas. De a poco empecé a encargarle a Castro, el amigo de Parot, que se dedicara a sacarle fotos. Lo hizo durante dos meses. Esto a Ignacio le molestó. Pensó que usar nuestros recursos para fines personales no era el objetivo. Le encontré la razón, así que le metí miedo a Castro y lo amenacé en caso de que alguien, cualquiera, supiera algo de esto.

155

Encontré ciertos patrones. Los martes ella iba a un ciclo de cine en un centro cultural inmundo. El espacio era enorme y frío, las sillas eran plegables, la pantalla era apenas una proyectora y, la película, un video. Decidí ir a buscarla allí. La primera vez no la encontré. Tuve que soportar unos monos animados en blanco y negro que, según me explicó un tipo que fue solo y tenía muchas ganas de hablar, había sido el principio de la gran obra de un japonés o chino o quién sabe qué. Cuando vi a Mariana el miércoles en clases, no le hablé. Insistí el martes siguiente. Y tampoco asistió. Entré a la sala y cuando vi al mismo tipo de la semana pasada salí de inmediato.

Al día siguiente, le encomendé a Castro que la siguiera de nuevo. Sorpresivamente en las fotos del martes se podía ver a Mariana entrando al mismo lugar al que yo había ido las dos semanas anteriores. Esperé. El martes llegué temprano, pero ya había caído la noche y el lugar se veía grande y lúgubre, sólo iluminado con un par de ampolletas y dos inservibles estufas a gas. Me senté en la tercera fila. Sólo había allí una pareja de viejos.

—Y en la mañana la Magali fue a la casa para llevarme al almacén. Ella me compra todo lo que elijo. Así que le traje esa escobilla que me pidió usted.

El viejo le daba unas palmaditas a la vieja, no se sabía bien si para indicarle que se callara, si para darle a entender

156

que la estaba escuchando, un simple cariño o un reflejo de tantos años de escuchar lo que no se quiere escuchar.

—Compré un tomate para los porotos de mañana.

En ese momento la vieja sacó un paquetito de papel blanco. Hurgueteó algo en su interior, se echó algo a la boca y le extendió el paquetito al viejo. Los dos chupaban sonoramente; el viejo con más dificultad que la vieja.

—Están duros —gritó sorpresivamente fuerte el hombre—. Deben estar añejos.

La vieja siguió chupando como si no hubiera escuchado. El viejo lentamente movió su mano hasta la boca y, con dificultad, trató de sacar la cosa de su boca. Escupía y soplaba, pero no caía. Luego hizo un gesto con la mano, un torpe amago de arrojar algo lejos, tal vez creyendo que así el dulce o el maní o lo que estuviera en su mano desaparecería. En vez de eso, la cosa se quedó pegada en su labio inferior. El viejo miraba muy quieto la pantalla oscurecida. En la penumbra de la sala yo podía ver su cara impávida, su boca respirando semiabierta y el maní o el dulce colgando desde el costado de su labio. De repente se le desprendió. Con el sonido de la caída, el viejo se sobresaltó y dijo algo. La vieja lo miró indiferente. Me paré de mi asiento y, con un pañuelo, levanté el maní y lo eché a la basura.

Cuando volví a mi asiento, la pantalla se prendió para reflejar un color azul donde en una esquina decía

157

«PRESS PLAY». De un momento a otro la sala se había llenado. Mariana estaba entre el público. Me fui a sentar junto a ella. Le llevó un rato reconocerme. Me acuerdo que sus ojos enfocaban uno de mis ojos y luego saltaban al otro, hasta que pronunció mi nombre sorprendida.

—Vine la semana pasada a ver los monos japoneses.

—A mí no me gustan —contestó.

Se apagaron las luces y empezaron de inmediato los créditos. Era una película italiana. El único momento en que desperté fue cuando los viejos que habían llegado antes que yo se fueron; sólo habían pasado treinta minutos.

Las luces finalmente se prendieron. Todos estábamos somnolientos y con frío. Caminamos con Mariana por el pasillo largo, junto a unos cuadros feos que estaban colgados en las paredes del lugar, en silencio. Nos subimos a mi auto. Me dijo que doblara a la derecha. Conduje lentamente, a pesar de que ella me advirtió que ya debía haber llegado al videoclub donde trabajaba. Antes de que se bajara, me despedí con un beso en sus labios.

Nos vimos esa semana en el patio del colegio. Le propuse que la próxima vez fuéramos juntos a ver la película. Me dijo que sí. La pasé a buscar y en la mitad del camino le dije que no fuéramos a ver la película, sino a conversar.

Me estacioné en una calle chica. Ella se levantó y miró a su alrededor. En realidad no había nada más que

158

casas. Ella me estaba hablando ahora de la película francesa de un español, decía eso y trataba de explicarse. Hablaba mucho.

Me acerqué a ella. La tomé por las costillas. La sentí temblar. Le di un beso y le metí la mano por debajo de la polera negra. Estuvimos así un rato hasta que traté de meterle la mano dentro del pantalón, pero estaba muy apretado, podía sentir su carne rebalsando el borde del género. Le abrí el botón; ella se echó hacia atrás, tratando de quitar mi mano. No la dejé. Le atrapé las manos con la izquierda y le metí la derecha. Estaba húmeda, aproveché para introducir mi dedo. Trataba de zafarse, pero sólo podía temblar. Me saqué la polera, sentí mi olor invadiendo el auto. Ella me miraba. Le abrí su blusa, pero no quise sacarle los sostenes.

La fui a dejar al videoclub. Estaba tan oscuro que, cuando se bajó del auto, no pudo ver que mi pantalón estaba mojado.

7

Yo no soy una de ellas. Ellas están seguras, yo no. Ellas suponen que él no aguantaba sus arranques apasionados, enamorados, perseguidos, amenazadores, mortuorios, histéricos, su necesidad luego de unos meses de haber terminado.

Tiene algo de hermoso imaginársela en colores saturados, a ella como una reina (su cabeza abierta sobre la almohada blanca, sobre la pared blanca —empapelada (papel satinado)— un splash de sangre roja, una corona roja), la reina que siempre fue. Su cuerpo entre las flores amarillas y encarnadas, los pedacitos de su cerebro sobre el cubrecama. Y luego a él, mirándola. Mirándose luego (un espejo de cuerpo entero colgado en la puerta del clóset o, mejor, las puertas del clóset son de espejo) con la pistola en la mano (en la mano de él —ellas— o en la mano de ella —yo). Él se da vueltas en la pieza, abre la puerta. (No). Abre primero la ventana. Tal vez grita (¿hubo algún testigo que escuchó gritos? Múltiples testigos y múltiples gritos). Camina por la casa, está solo y no le parece correcto salir. Vuelve corriendo por las escaleras hasta la pieza matrimonial (madre y padrastro), porque se le ocurre por un segundo que tal vez todavía estaba viva (no la había revisado, como en las películas). Pero al verla de nuevo sabe que es imposible.

Entonces qué pensamiento pasó por su cabeza: que era él, que fue él –él tiene la pistola–, que fue por él –ella tiene la pistola– y, en fin, ¿no es lo mismo?, está muerta. Año tras año juntos, hubo un pacto, que nunca se iba a acabar (recuerda por lo menos tres veces que él dijo eso) (recuerda también una vez que iba caminando por la playa mirando los patos alineados en el cielo, escuchando una canción en inglés que decía que es mejor no prometer, por eso prefería decir te quiero. Ahora él piensa en esa frase y la ve como una profecía). Denisse aparece ahora riéndose, amada por él, por todos, pelo al viento en Algarrobo ese fin de semana de otoño, inhalando aire, humo, smog. En Santiago, pelo al viento. Nadando en el lago Villarrica, subiéndose a un avión, a un bus, a un auto, entrando a su casa, saludando a su mamá la primera vez que entró (hace siete años atrás, al lado de Sandoval), saludando a su mamá hace algunas horas, hablándole, riéndose, bailando, moviendo su cabeza y los brazos un poco hacia arriba, confundida en Algarrobo, debajo de sus sábanas en Santiago, contando la cantidad de puntos en un centímetro cuadrado de su almohada, multiplicándolo luego por el tamaño total, su

164

cabeza, la pared, roja. Denisse hace algunas horas, juntos frente al espejo comiendo pizza, metiendo una película en el VHS, poniendo stop al CD, apretando play en el control remoto, discutiendo con la música orquestada de fondo, pensando con la cara hacia el suelo, el pacto (¿había uno?) No debería haberle dicho eso. («I promise not to leave you, but no one should promise that. So I'll just say I love you all the days I can»). Comían pizza y veían algo, Cronenberg o Greenaway o algo más simple, de acuerdo a su estilo, una película de highschool donde el capitán del equipo de fútbol es el novio de la capitana de las cheerleaders. Se reían de la escena ironizando, tratando de tapar la nostalgia, la similitud con su situación; él y ella, protagonistas. ¿Lo dijo él o ella? ¿O sólo lo pensaron cada uno en su cabeza sin decirse nada? En su mano o en la de ella la pistola y, de pronto, mantenernos juntos –la pistola–, ahora con quién sales y lo que pasó, años, no puede terminar, con quién, así, negar el pasado, ¡no te atreves!, ¡me atrevo!, ¡no te atrevas! ¡Bum!

¡Bum! Todavía suena el eco del disparo y su cabeza roja no se cicatriza. Toma la pistola de la mano de ella –yo– o sólo hace avanzar la pistola hasta su boca –ellas–, camina hasta su lado (el lado derecho de ella), de rodillas frente a ella (que era él, que fue por él, ¿no es lo mismo?) ¡Bum! Cae en su estómago formando una cruz, cuatro minutos y cinco segundos después del primer disparo.

O es posible que esos cuatro minutos hayan sido distintos. Que fuera claro que hubo un pacto (la carta que (no) escribieron); era claro que no podía terminar de esa manera, así que terminó de esta otra. Y en esos cuatro minutos, el tiempo que hubo entre un disparo y otro, él estuvo buscando balas; sólo había una en la pistola. Primero ella, que no podía verlo así, con su cara hermosa destruida. Tan caballeroso, la dejó que se disparara primero –yo– o él mismo le disparó –ellas. Luego toma la pistola de la mano de ella –yo– o sólo hace avanzar la pistola hasta su boca –ellas–, va hasta su lado (el lado derecho de ella) de rodillas a su lado derecho, ¡bum! Cae en su estómago formando una cruz, cuatro minutos y cinco segundos después del primer disparo. El último sonido que se escucha en esa casa solitaria, en ese barrio solitario, es el casquete de la bala contra el piso que cae al lado de una poza ya coagulada. Al lado una, dos o tres gotas de la cabeza de él contra el piso.

Pero según ellas esos cuatro minutos que separaron el primer disparo del que vino después fueron diferentes, especialmente para una de ellas que está emparejada con un amigo de él. «Es posible», dice conciliadora, «que estuvieran hablando de su ruptura, de que no quisieran terminar, aunque quieren, pero no saben cómo seguir el uno sin el otro» –especialmente ella– «especialmente ella. Después de siete años de conocerse él saca la pistola

166

del cajón del velador del padrastro (semiautomática), tiene pocas balas para evitar accidentes. Sólo una bala, lista para disparar. La toca, la acaricia y la manipula (lo ha hecho antes). La toca y la bala sale disparada, sin querer (pero con intención), hacia la cabeza de ella, que en ese momento está tendida sobre la cama a pocos, muy pocos, centrímetros de él, hacia su sien derecha, hacia su boca, justo en el lugar y en el ángulo en que pareciera como si ella lo hubiera puesto en su boca, en su sien derecha. Así ella queda acostada con la cabeza abierta sobre la almohada, una reina (una reina que había subido unos kilos, que se había cortado el pelo –su cabellera característica, rubia, al viento), coronada con la sangre salpicada sobre la pared empapelada con papel satinado.»

Entonces la culpa es otra. Avanzan los segundos, los mismos cuatro minutos; pero es de otro tipo, es otra la culpa que tiñe los mismos recuerdos. La salida está más cerrada (no le parece correcto salir), el espejo muestra al mismo hombre (un joven, casi un niño) con la pistola en la mano. Entonces busca más balas. Va hasta su lado (el lado derecho de ella) de rodillas a su lado derecho (fue él), ¡bum! «Cuatro minutos y cinco segundos después del primer disparo» –continúa descriptiva, concentrada– «el cuerpo de él cae en el estómago de ella, formando una cruz.»

167

Entonces uno de los otros se atreve a opinar, tal vez la pareja de la que recién habló o el amigo del amigo de la pareja de la que recién habló: «Tal vez ella le recuerda el fraude de los tiempos que corren. Le recuerda lo que fueron, felices, jóvenes, bellos, amados y que nunca más sería así. Ella saca la pistola (no es la primera vez que juegan con ella) y le dice que esa imagen puede ser inmortal (¿te acuerdas que siempre hablamos de nunca ser viejos, ni feos, ni fomes? Tú te estás poniendo viejo y fome, de pronto te pondrás feo). Los van a recordar así: jóvenes y bellos y felices. Reyes. Entonces se pone la pistola en la boca, varias veces, probando. No se atreve. Le pregunta una vez más, si lo haría él después, esto tan importante no lo quiere hacer sola. Él al principio no le cree, ¡no te atreves! Ella lleva la pistola a su boca, con la pistola en su boca ella le pregunta si lo puede hacer él». Por un momento se suspende el ruido del ambiente, todos piensan, se preguntan, si él dice que sí o que no, si toma la pistola de su mano antes o después de que ella muera. ¡Bum! Y rápidamente ¡bum! de nuevo. Una cabeza deshecha contra la pared y la otra semi inconsciente aún ve la otra cabeza deshecha contra la pared, el cuerpo sin vida a su lado (el otro, incorpóreo, los mira a ambos desde arriba), ve un hilo de sangre que sale desde el único ojo que aún ve, se mueve apenas por el lado derecho de

168

ella, encima de ella formando una cruz. Luego cierra el ojo y sólo alcanza a oír, en esa casa solitaria, entre las casas de ese barrio solitario, mientras pasan los segundos (cuatro minutos y cinco segundos) la caída de la sangre contra el piso y el ruido del teléfono.

Lejos de las dos sombras que miran sus cuerpos contra la cama alguien marca un número. Al lado de los cuerpos suena el teléfono, nadie lo contesta. El teléfono sonará toda la noche. La mujer que llama (joven, casi una niña) se enoja en vez de preocuparse. Se preocupa un poco, pero aleja esos pensamientos. Prefiere enojarse y salir esa noche con sus amigas. Esperará que él la llame la mañana siguiente, esperará todo el día. Recién en la noche ella lo llamará de nuevo. Nadie le contestará, llamará una vez más, le dará una oportunidad más. Luego de eso los ojos se le llenarán de lágrimas por razones equivocadas.

El teléfono yace solitario sobre una mesita al lado de la puerta de entrada, en un pasillo largo de cerámica y mármol; el otro, en la habitación que el padrastro llama el escritorio, está desconectado; el tercero mira pasivo la escena, tres gotitas rojas sobre su lomo. Los dos tonos de campanilla invaden la casa (ecos por el pasillo de cerámica y mármol), la cocina (dos cajas de pizzas con restos de comida), el baño (una toalla de mano en el piso), el living (sin uso), choca contra puertas que esconden piezas vacías, el comedor (ocho sillas cuyas patas horadan la alfombra), la escalera (marcas rojas de las manos de un hombre sobre la baranda).

Un cable por debajo de la tierra recorre kilómetros hasta llegar a un auricular pegado a la oreja de Sandoval. Espera, corta y corre incómodo (sus estoperoles sobre la loza). Ese sábado en la mañana nueve u once llamadas fueron suficientes para convencerlo de que Nicolás no llegaría ese día al entrenamiento.

Horas pasan. La sangre ya no gotea, hay un calor de proveniencia incierta en la pieza. Más llamadas se escuchan en la tarde, pasada la hora de la siesta y el estudio superficial. Sandoval, Rossetti, Parot, Ávila, Galvarini. El asado, el cumpleaños de Benito, las cervezas en la casa de la Amaya bien temprano, mañana domingo hay que levantarse al amanecer.

Llega el domingo entre elucubraciones y suspiros. Sandoval marca nuevamente el 242 34 y algo para asegurarse de que vaya, por si no quiere que lo pase a buscar. Está preocupado. Antes de irse al partido pasa por su casa igual. Nadie responde al timbre. Sólo un auto estacionado, pero puede ser de cualquiera de las casas de alrededor. Grita y el vecino mira por la ventana, que se

170

calle, le dice con la mirada. Perdón con gesto de mano y se va. Espera: ahora llama Rossetti. Sandoval insiste y llama a los tíos, a los papás (madre y padrastro) de Nicolás, a Algarrobo (que si está con ellos, que no contesta el teléfono desde ayer, que no fue a entrenar, que faltan diez minutos para el partido) y ellos: que estaba con la Denisse y después iba a ver a la Cristina, pero no alcanza a decir el nombre Cristina, porque Sandoval interrumpe. Hay un silencio donde cabe la sospecha además de la procupación. Deciden volver.

En ese mismo momento el padre de Nicolás pisa el suelo de la cancha. Se vino directo desde el aeropuerto, quería ver el partido, la final, la clasificatoria, el triunfo, a su hijo el capitán, a su equipo. Pero no está. Nadie sabe de él, ni Parot ni Galvarini ni Ávila ni Rossetti. El padre está cansado y se sienta a esperar. Nadie sabe de él, piensa ahora. Ojeras, hombros recogidos. Está confundido por el sueño, por lo extraño de la situación (no hay espacio para que se preocupe. Los hombros se encogen un poco más, la vena en el cuello se hincha). Por primera vez no sabe bien qué hacer, se siente un poco desubicado, el único padre en el público. Saca su recién estrenado, gigantesco celular. Marca el 02 242 34 y algo. El teléfono yace solitario sobre una mesita al lado de la puerta de entrada, el otro mira pasivo la escena. Los dos tonos distintos de campanilla suenan al unísono. Luego, el padre pregunta

171

por la madre. Preocupación (la vena en el cuello palpita al oír esa palabra). Suena el pito que anuncia el partido, el entrenador va a hablar. La preocupación ya se ha apoderado del lugar, la sospecha. Sandoval: Denisse (la vena). El padre llama al teléfono del auto del padrastro. Habla con su ex esposa que viene en camino. Ya le dijo, le replica como solía hacerlo en otro tiempo, preocupación. Padre con ojeras y hombros recogidos se sube al auto. Sandoval se detiene en la mitad de la cancha a mirar cómo el auto negro (arrendado, sedán, amplio, asientos de cuero, olor a nuevo) sube el camino de tierra.

Un auto negro mal estacionado frente a la casa con la puerta del piloto abierta (la vena). El hombre, teléfono en mano, llama una y otra vez y una y otra vez escucha sonar el teléfono dentro de la casa. Una ventana semiabierta, la pieza del primer o del segundo piso abierta (un ladrón) (la pieza semiabierta, un clóset sin cerrar con espejos). El hombre trata de subirse a la reja (metal y madera), resbala. Espera.

«Un hombre con un teléfono celular gigantesco ha estado afuera ya mucho tiempo y se acerca. Va a tocar el timbre de mi casa, que no he escuchado desde ayer o

172

el viernes. Sólo el teléfono. La casa es grande, está lejos, tiene alarma, nada malo, ningún ladrón, no hay llamada de emergencias, nada extraño, tal vez la tranquilidad; no suele estar muy tranquilo en la casa de al lado. Yo sólo veía entonces una nube negra que salía desde el cerro más cercano, un remolino desde la casa, pero no le iba a decir eso. Yo veía cosas, pero no las que él me pedía ver. No le iba a decir las cosas que veía».

Hombre con teléfono celular gigantesco contra su oreja ve un auto (Jeep verde, negro y grande) doblar por la esquina, acelerar y luego parar frente a la casa. Sale una mujer que un hombre con teléfono negro gigantesco pegado a la oreja reconoce y un hombre al que saluda con frialdad (un amigo del pasado, un ex amigo). Hablan sobre el teléfono, el hombre del celular gigantesco les pone el aparato pegado a las orejas de cada uno de ellos, lo escuchan sonar por el aire y por el cable. Por la esquina se acerca un auto: viene Sandoval con Parot o Rossetti o Galvarini o Ávila. La madre entra y llama a Nicolás. Ve el teléfono yaciendo solitario encima de la mesita junto a la puerta de entrada, el pasillo de cerámica y mármol que hace eco de su voz que llama a su hijo. El eco entra al living (sin uso), al comedor oscuro (mueve una de las ocho sillas que han estado por días yaciendo, horadando la alfombra), choca contra las puertas de las piezas vacías y las paredes de la escalera por donde sube el grito. Ahora ella recorre la casa, abre las puertas de las piezas vacías una por una, prende las luces del comedor, pasa por la alfombra, mira las cajas de pizzas con restos de comida, las pizzas que seguramente compraron también anoche, piensa. Sube las escaleras y no nota las marcas rojas de la mano de un hombre sobre la baranda. Se mete al baño donde hay una toalla tirada sobre el piso. Abre la puerta de la pieza de él (la cama hecha, el computador prendido) y va hasta su propia pieza. Lo primero que ve es el televisor con la pantalla en negro, pequeñas líneas pasan en silencio, el VHS con la cinta a medio camino entre el interior y el aire. Al lado, en el espejo, ve a Nicolás durmiendo sobre la cama. Siente un alivio al verlo (allí está). Lo llama, pero después (sólo una milésima de segundo después) nota el resto de la escena: a ella, la pintura roja sobre la cabeza, ¿quién es? Está irreconocible con la cabeza debajo de la almohada. Va hacia donde está él para llamarle la atención, su pie se resbala en la costra de sangre en el suelo y su cuerpo cae sobre el de él, el del hijo, frío. El movimiento hace tronar la pistola. Se asoman por la puerta padre y padrastro, ex esposo y actual marido, que fueron hace mucho tiempo mejores amigos. La madre está congelando un grito en la cara sin que le salga palabra. El padrastro puede mirar la escena en

174

su totalidad desde la puerta, entendiendo todo antes que ninguno. El padre se acerca a tomarle el pulso (como en las películas), pero lo da vuelta y le ve la cabeza rota a su hijo y luego al otro cuerpo (¿quién es? Está irreconocible), la sangre sobre la pared, los pedacitos que como flores amarillas se esparcen sobre el cubrecamas y arrastrados por la pared. La sangre como una corona de festival y a él arrodillado. El padrastro va hasta una ventana, abre y respira yendo hasta allá y luego al otro lado escucha por primera vez el grito frenético de su ex esposa: llama a una ambulancia. Eso hace: marca, habla, pide, baja, porque tocan el timbre. Son Sandoval y Parot o Rossetti o Ávila o Galvarini y, por detrás, en un hermoso segundo plano de una tarde de un invierno que se está convirtiendo en primavera, llega el auto de la policía. Los jóvenes, casi unos niños, están afuera. Ni les habla, los echa hacia atrás, sólo deja entrar a la policía. Los policías suben la escalera por donde los conduce el padrastro hasta una pieza desde donde sale un calor de proveniencia incierta. Toman una radio, ven a la mujer gritando y al padre paralizado tomando entre sus manos lo que queda de una cabeza masculina. La mujer no suelta la mano del cuerpo joven. La sujeta mientras grita. Los carabineros los dejan, salen y esperan. Llegan personas, otro auto policial, una ambulancia, los vecinos a mirar, el resto del equipo después del partido, el entrenador. Los policías sacan a los

175

padres. La ambulancia se va vacía. Llegan familiares, más vecinos y gente del equipo. El living (sin uso) está lleno. De un momento a otro se ha dispuesto una huincha que no deja entrar a la gente que se ha juntado alrededor, un joven filma con una cámara negra. Nadie sabe qué pasa, pero se empieza a rumorear, se empieza a comentar, se corre la voz: el viernes se escucharon disparos y ¿nadie llamó a la policía? Se empiezan a culpar unos a otros, un ladrón. Pero por ahí también se caza animales pequeños. Un murmullo, se rumorea, se corre la voz. Hasta que, bajo un plástico negro, salen los cuerpos.

«Yo no puedo decir lo que vi, no vi nada entonces, pero ahora veo. El viernes sólo escuché. El viernes estaba leyendo, tranquilo, solo, la casa sola, no tengo familia. Nadie toca el timbre, sólo el teléfono. Sonó el teléfono en la casa de al lado. Escuché voces, música, gritos. Llamé para que apagaran la música. Nadie me contestó, escuché el teléfono de la casa de al lado sonar sin que nadie me contestara. Seguí leyendo, ahora en el baño. Y de repente un sonido como un golpe duro y fuerte que cruza desde la casa de al lado hasta entrar en la mía. Se escuchaba el peligro; miré: vi una nube negra que se acercaba por encima del cerro. No me tomó más que unos minutos estar listo para salir. Pero cuando pisé la calle otro sonido, un golpe duro y fuerte, cruzó desde la casa de al lado y se expandió por la calle hasta llegar a los cerros que le respondieron con el eco. Luego de eso sólo hubo un silencio arrollador. Nadie más salió, nadie más escuchó. Sólo estaba yo parado en la mitad de la calle mirando la nube negra avanzar desde el cerro.»

El ángulo de una bala, el camino de un gusano a través de la cabeza como si fuera una manzana. El ángulo de una bala y los restos de pólvora sobre los dedos. Hombres que trabajan sobre dos cuerpos desnudos, una pieza fría grisácea, verdosa, color de hospital, de oficina pública (dos pares de ojos que ven). Dos dedos oscuros (uñas cortadas, blancas), enguantados, trabajando sobre dos pieles blancas, una al lado de la otra (dos pares de ojos que ven ir y venir manos). Recomponen la cabeza, descubren la trayectoria y calculan el ángulo de la bala. Las mascarillas se acercan a las caras (donde solían estar sus caras). Desde allí miran llorosos.

Se mueven amenazados, sin entender, sin reconocer, y, tristes, salen por los pasillos (sus pies no tocan el suelo). Salen desnudos a veces, otras con bata, a veces con la ropa (jeans y chaleco) que tenían puesta cuando la trayectoria de la bala caló un pasadizo por sus cerebros, su piel, sus huesos, sus venas, sus ojos, como si fuera un gusano comiendo el almidón de una manzana. Corren por las calles sucias, imaginan que sus pies duelen, uno al lado del otro sin verse. Vuelven. Por Recoleta caminando desnudos, a veces con una batita blanca, a veces con jeans y chaleco. Y los zapatos, ¿adónde los dejé?, piensa él. Se pregunta ella. Y los sonidos, no se oyen las micros. Y por qué no duelen las piedrecitas sobre el pavimento, el sol que calienta el cemento, la soledad. Hay mucha gente, deben pasar a mucha gente que no los deja pasar. Subirse a una micro en Avenida Santa María y tomar la 419, la 327, que los lleve a sus casas. Providencia, la micro, el metro, la 206, la 214 a La Reina. Todo es gratis con la sensación de que algo se les quedó en el lugar donde estaba él, donde estaba ella y dos pares de ojos acercando sus manos hacia sus cuerpos con pedazos de carne de animal muerto. La micro, interminable, silenciosa, música de órgano y un coro cuando la micro pasa por fuera de una iglesia evangélica y dos pares de ojos que miran detenidamente desde la calle siguiendo la trayectoria de ella, de él sobre la micro, ya sin nombre, invisibles, inaudibles. Desde lejos, campanas. Sin nombre, infinitamente desconsolados, azules, fríos. (Sus manos no se tocan.) Solos.

La puerta de la casa de ella en La Reina. Hay un silencio de campanas lejanas, un coro de lágrimas (Raquel). Sube y la ve: su presencia la exaspera. La mujer de cuarentaiséis años dentro de una cama de una plaza (debajo de sus

178

frazadas, con ropa). Le dice que se vaya y sólo produce estallidos incontenibles de llanto en los ojos rojos de la mujer de cuarentaiséis (Raquel). Le grita sonidos sordos. Queda atenta y no escucha nada. Camina pasos sobre el aire (desnuda ahora) por el pasillo, cinco pasos hasta la puerta siguiente. La cama de Raquel, ordenada. Se acurruca entre las sábanas (olor a su mamá, Raquel), se empieza a calentar. Oye, la puerta, el auto (las campanas, un coro de lejos). Está sola, desconsoladamente cierra los ojos, pero no puede dormir.

Dos horas sobre la micro, caminando sobre autos, el asfalto cada vez más frío, su cuerpo a veces con una batita blanca vuela sobre un pasto que se imagina que pica, blando, pero que no siente. Pica, pero tiene otro apuro, que se le quedó algo, que algo falta. La calle, los autos, la puerta, algo, de nuevo verla parece dolerle. Entra. Su familia, su papá (no había visto a su papá desde hace tanto) desde lejos e infinitamente triste, lo saluda. Desde lejos no escucha ningún sonido, sólo los ojos que pasan sobre su transparencia. ¿Qué es lo que se le quedó? Su padrastro le habla al oído silencioso de su mamá, que mira concentrada el vacío. Él decide no interrumpirla, pues sólo hay entre él y ella algo. Ahora siente sed y una molestia que lo hace acordarse de una pastilla. Va a la cocina: los platos se arremolinan alrededor de la Susana que tararea una canción triste. Por primera vez escucha su

179

hermosa voz (ronca), le dice que no sabía que tenía una voz ronca y hermosa para cantar, (que nunca supo) que cantaba bien. Ella suspira y parece decir (le parece a él): así es no más. Toma el vaso de agua, la pastilla, y traga ambas, pero ni la sed ni el dolor se le van. Toma hasta cinco vasos de agua. Camina hasta su pieza mirando antes a su mamá concentrada aún en los ojos del padre y la mano del padrastro (vena hinchada, cara roja) que le toca el hombro. No puede acercarse (algo lo separa de ella, de ellos). Sólo dice voy a mi pieza, pero retoman la conversación sin responderle, sólo un gesto de la mano que nadie más que él entendería cómo anda. Sube y va al baño. Ve el desorden, levanta la toalla que estaba en el suelo y ya no tiene ganas de nada. ¿Se le había quedado algo? ¿Dónde había estado? ¿Y ahora? ¿Sabría la Cristina? Toma el teléfono, marca, pero sólo suena un silencio: ni tono ni voz. Marca de nuevo el número que a veces se le olvida (ya nada parece en su lugar, ni la agenda). Marca: ni tono ni voz, sordo. Marca una y otra vez hasta que ¿aló? y luego un silencio sordo: ¿Cristina? Ni tono ni voz. ¿Se le habrá olvidado el número? (Es un número que se le olvida, que no está en su lugar). Unos pasos desconocidos lo interrumpen, los escucha de repente, como si hubieran aparecido al lado de su puerta. Desde el marco de la puerta de su pieza ve andar por el pasillo de su casa a hombres oscuros con batas

180

blancas, enguantados, con botas y batas salpicadas con un tono grisáceo, violáceo, color a hospital, a oficina pública, algo de rojo en los guantes como una pared, los labios de Denisse, los labios de Cristina. ¿Aló? ¿Cristina? Y el silencio, de lejos unas campanas. Luego los pasos de los hombres oscuros con batas blancas caminando por el pasillo en sentido contrario, entrando a la pieza matrimonial (madre y padrastro). Él camina por detrás de ellos, les pregunta, pero las voces que hablan entre sí se comen su voz, la hacen sorda. Desde el marco de la puerta de la pieza matrimonial mira marcas en el piso, la pared, la cama, objetos que no corresponden a la escena (herramientas, máquinas de fotos, palitos, tubos, zapatos (los suyos)), a un costado la película (algo de Cronenberg o Greenaway o algo más de su estilo) que no alcanzó a ver ¿con Cristina o con Denisse? Los mismos colores (o la falta de ellos) y la misma sensación de que algo se le quedó, algo necesario. Sale y baja (o no). Quiere preguntar quiénes son los desconocidos que hurgan en la pieza matrimonial, pero escucha lo que dicen su papá y su padrastro, que hay que irse de esa casa de inmediato, que ya empezaron a buscar. Entonces entiende: los hombres arriba hacen mediciones para modificar la casa. Pero quién va a querer esta casa, todo el mundo lo sabe. No ha salido en la prensa, le bajamos el precio. ¿Por qué? Cree que sale de su boca. La demuelen entonces, pues, el terreno solo ya vale. Un auto se estaciona afuera, es Raquel (la voz de la madre: una loca, una atarantada, anda diciendo cosas por ahí) y grita. Golpea la puerta y su mamá llora, escucha los gritos, mientras él ve a su mamá llorando (como si estuviera sola): fue él, ella nunca. Y su padrastro: el ángulo de la bala, la trayectoria a través de su cerebro, los rastros de pólvora sobre sus dedos. Padre y padrastro la toman por los brazos con la voz de Raquel, que grita ronca y las lágrimas de su mamá –agudas– como contrapunto. Luego las campanas, luego y antes el silencio. El llanto de su mamá en medio del living como si estuviera sola.

El juicio, las acusaciones en boca de todos, la prensa, el dinero. La bruma azul parecía expandirse por sobre los hechos, borrando sus límites, cada vez más lejos, inundados en un secreto compartido por dos que no hablan. Ahora las interpretaciones, los peritajes, las voces de otros (los abogados, los amigos, los parientes, los conocidos, los chismosos, quienes escriben, a quienes no les importa).

Raquel decía algo, su abogado replicaba, palabras que invocaban las lágrimas en los ojos de Sara: nadie quiere escuchar eso sobre su hijo, lo sabemos. Y luego las lágrimas en los ojos de Raquel cuando el abogado de Sara evocaba el abandono, las semanas que su hija pasaba en la casa de su pololo porque estaba sola y no

182

tenía ni siquiera qué comer, llamaba a las tres de la mañana, venía a tomar desayuno, bajaba desde la pieza de Nicolás. Le replicaba que la marihuana, el alcohol, la cocaína. Raquel lloraba. Y Sara: detengámosnos. Y Raquel: que ella no podía hacerlo (ellas asienten desde lejos), que no sabía dónde estaba la pistola (el velador), que fue él, que fue por él, ¿no es lo mismo? No, dice el juez. Un abogado: él le puso la pistola (la trayectoria de la bala, el otro) sobre su cabeza (indica el ángulo donde ambas hipótesis caben, el juez). No se puede saber con cuánta diferencia de tiempo, cuál disparo fue primero. Cuatro minutos y algunos segundos después, según el testigo, el vecino (gráficos de sus cabezas como manzanas, de sus cuerpos como líneas negras envolviendo un vacío). El vecino que también ve el remolino oscuro saliendo desde sus casas, se ríe el otro. Él vio, escuchó, en todas sus facultades. La mano de un hombre sobre la baranda de la escalera. La tesis de la presencia de un tercero (sin signos ni señales) se ha descartado. Entonces fue él, ella nunca. Ella sí, abandonada: arranques apasionados, enamorados, persecutorios, amenazadores, mortuorios, histéricos, su necesidad de él. No. Que fue por él, ¿no es lo mismo? Y él, ¿por qué lo hizo?

Suena la campana, corta el despertador, sus ojos abiertos sin dormir han escuchado toda la noche las campanas que vienen desde quién sabe dónde. De lejos parecen llamarla, pero nunca antes le había pasado que la llamaran las campanas. Entonces no va. Sólo pone sus pies sobre el aire y camina sobre él como si fuera suelo hasta su pieza. Raquel todavía duerme sobre su cama; trata de no despertarla: abre despacito la puerta del clóset y busca algo que no está. Mira a su mamá y ahora sólo siente un gran desconsuelo (la exaspera). Va hasta el primer piso y busca en la ropa sucia y ve su uniforme guardado debajo de ropa vieja (la exaspera). Lo lleva hasta su pieza y se lo pone frente al espejo, se suelta el pelo que cae libre hasta la cintura. Busca una mochila; sólo ve un bolso pequeño y un cuaderno. Lo abre, pero no lo reconoce, sólo un nombre que identifica como suyo. Un anillo en su cajón, unos aros, sobre los labios rojos un brillo. El dolor de cabeza.

Se va, camina por la calle, los autos pasan a su lado sin hacer ruido, sus pasos, la gente alrededor no la mira, no la golpea, no se fija que se cruzan con ella. Un hombre vestido de negro mira desde detrás de una capa oscura. Ojos desde atrás que la ven: caras blancas, ojos negros, la misma postura, sus manos crispadas sobre sus vestidos pasados de moda, sus piyamas, pelo suelto, descalzas. Ella va por la otra vereda, las mujeres la siguen. Ojos negros, piel blanca. Se sube a la micro. Allí también hay un hombre vestido de negro, ella lo pasa sin mirar mientras se arregla su camisa blanca (sucia), su uniforme azul marino. Se sienta lejos del hombre de negro.

184

Llega temprano. Los niños ya están aquí, llega tarde. Los niños llegan, quiénes son. No la ven, no la reconocen, no la saludan (no los reconoce, no los saluda). Debe recorrer los dos pisos de cada edificio. Mira dentro de cada ventana. Reconoce espacios, no hay gente, sólo a veces (es tarde). A veces mujeres oscuras de piel blanca remueven la tierra en el jardín, acomodan libros sobre los estantes, hacen anotaciones con plumas estilográficas y esperan (llegó tarde). Ella cree reconocer a alguien, entra a la sala, pero no hay nadie, así que se sienta a esperar. Una mujer oscura de piel blanca la mira desde el asiento del profesor, trata de decir algo, pero no le sale más que un bufido y un líquido azul. La mujer oscura de piel blanca sale de la sala. Ella sale detrás de ella y mira por la ventana del segundo piso. Ve a la mujer correr a través del patio y desaparecer en la mitad. El lugar lleno de jóvenes vivaces, niños comiendo galletitas desde paquetes individuales, chupando bombillas desde donde sale leche con chocolate, jugos, yoghurt. Nadie la ve, nadie la saluda (no los reconoce, no los saluda). Camina por los pasillos siguiendo a la muchedumbre, caminan todos hacia donde suenan las campanas, por los pasillos, cuerpos, su transparencia.

Siente que lo llaman las campanas y decide ir hasta allá, pero nunca llega. Está frente a un edificio conocido, entra. Se mueven cuerpos medianos bajo una bruma azul, lejos. No reconoce a nadie, sólo un signo, un color sobre el pecho, en la corbata, sobre las chaquetas. Un lugar, las caras, entra. Las mujeres oscuras de piel blanca lo miran seguir a la muchedumbre, murmuran. Él va detrás de todos, junto a ellos, invisible, oye su nombre en todos lados, en ninguno. Oye sollozos escondidos detrás de las cortinas, a sus espaldas, por doquier. Algo dicen, no está, sólo alcanza a entender. Él la imagina caminando al centro de la masa de cuerpos, transparente, con sus pies en el aire como si fuera suelo. Ella corre y busca una silla vacía, él alcanza la última. Ahí, sentado cada uno al lado del escenario, escuchan las campanas como a lo lejos, algunas palabras que se borran junto con las caras de los amigos (el recuerdo), de los niños desconocidos, los signos, las corbatas, los colores. Sólo una campana que los llama. Unas voces, unas lágrimas viejas, una solemnidad que se rompe con las campanas. Las reemplazan las risas, las palabras banales, unos golpes, unos gritos, unos caminos nuevos, otros tiempos (se olvidan). Las campanas suenan en otra parte y, a pesar de que siente que la llaman, a ella nunca le había pasado que la llamaran las campanas, así que no va. Él sí. Ambos caminan hacia los pastizales, las lágrimas, los árboles, el viento y los ataúdes. Nadie escucha su transparencia, ni sus padres que entierran a alguien que aún tiene vida. Todos lloran, pero de a poco empiezan a buscar

186

la forma de olvidar. De repente empiezan a olvidar la presencia transparente, la confusión, el tormento. Bajo las miradas oscuras de pieles blancas van convirtiéndose de a poco en uno de ellos. Recorren los lugares tratando de hallar dónde. La casa, las calles, las líneas de teléfono, los pastizales, los cuerpos, los huesos, la tierra, lo ven todo (ahora sí lo ven todo). Y su transparencia empieza a recomponer fragmentos de las manos oscuras tras los guantes blancos.

8

No era usual que sintonizara el canal de noticias en español, más todavía cuando pasaban noticias locales de países que yo sentía más lejanos incluso que Brooklyn (al sur todo era igual, se solía decir: selva y guerrilla). (Aparece en mi mente un nosotros: aparece en mi mente desde que ellos empezaron a verme así, como si fuera parte de ellos. Entidad viviente, cuerpo compacto y un nombre que del castellano y el chino se había transformado al inglés). Imágenes de Chile en la cabeza: el asfalto bajo mis zapatos negros caminando hacia mi casa en La Reina, el cine a la vuelta de mi casa, la frutería con las uvas baratas, la música en inglés, los arpegios del piano de mi papá, los acordes de la guitarra mientras miraba la televisión en silencio, las caras oscuras y las claras con un mismo vestido gris, los ojos amarillos y sonrientes en la línea del metro, el olor. Me fascinaron las texturas del humo esparciéndose sobre la pantalla, los disparos, el fuego y las capuchas que acostumbrábamos ver cuando éramos chicos (nosotros y en África y en Medioriente, las mismas imágenes con fondos totalmente disímiles). Tuve que volver atrás el canal.

Entre el humo que se disipaba de a poco aparecía una construcción que me era familiar. La periodista había dejado de hablar para dar paso al sonido de los disparos, los guanacos, los vidrios que se rompían, los golpes de las piedras, el silbido de los proyectiles. De repente oí un conchetumadre, como si un yunque bajara hasta mi guata. Era Chile, era Valparaíso. Una franja en la parte inferior de la pantalla informaba lo que me había tardado en entender: un atentado al Congreso. La voz de la periodista empezó a llenar el silencio entre un disparo y los golpes del vidrio de las bombas caseras: 11:45, bomba, detenidos, acusaciones, el gobierno, el partido, el vocero declaró, carabineros, servicio de inteligencia, sus condolencias a los familiares. Y luego: un auto abandonado, dos hombres, antisociales, el gobierno, el vocero, investigaciones, en la quietud santiaguina, la población en sus casas, estado de sitio, nunca más. Las responsabilidades, no sabían, no sabían nada.

Una y otra vez transmitieron la imagen de la explosión, las tomas de aficionados, la dispersión de la gente que protestaba, los que traían una petición. La llegada de las Fuerzas Especiales, ambulancias, bolsas negras, camiones y escombros mojados por la acción de bomberos. Toda información es extraoficial, hay indicios de grupos extremistas, de antisociales, se encontraron cosas en el auto abandonado, un auto perteneciente a

192

un ex Almirante, robado. Un celular, el último número que marcaron, justo suena el teléfono de un diputado, allí mismo en pantalla aparece la imagen de la sesión. Las acusaciones, los recursos de amparo, las denuncias, la información anónima, los papeles, la información inadmisible, un aficionado.

Poca gente en el edificio (limpieza, mantención y administración). Extraoficialmente suena el teléfono de un diputado, le avisan, le dicen bomba. Y luego todos gritan. La cámara de la sesión muestra el pánico en la sala, algunos se demoran en entender, otros guardan sus computadores personales antes de irse. Primero salen los diputados y diputadas; luego el público que ha ido a escuchar el discurso interminable de un honorable. La sala queda vacía. En la mitad de la sala color café, un zapato blanco. Más de un minuto se queda la periodista hablando sobre la imagen estática de la sala vacía y el zapato blanco. Han salido todos, dice la periodista. Finalmente dejan salir a los de mantención, limpieza y administración. Nadie sabe dónde están.

Un hombre está herido, tiene su manga quemada. Dice que no sabían dónde estaban, faltaba gente. Dos muertos, confirman, dos de mantención y muchos heridos, principalmente los de limpieza y mantención, o de mantención y administración, o de limpieza y administración. Entre ellos hay un diputado heroico, uno de esos que siempre sale en la televisión, ahora está herido por su acto heroico: intentó salvar a uno de limpieza o de mantención o de administración. Siempre sale en el noticiero y ahora dice ¿vieron? Está feliz, el diputado está feliz y herido, cuenta ya los votos a favor, todos olvidarán. Salen las camillas con sábanas blancas y vuelven con bolsas negras y manchas rojas entre el humo que le quita el color a todo, entre las luces de las sirenas que dan la sensación de apocalipsis, entre la bruma algunas caras miran como muertos.

Más atrás, más humo. Entre sus vetas hay fuego. Los encapuchados aún resisten y no dejan pasar a los bomberos de la compañía siete o diecisiete, que viene a apoyar a los de la compañía dos o cuatro. La hoz entre la bruma, los cintillos encima de las poleras que cubren las caras, unos ojos entre los trapos, la metralleta en sus pancartas, que han quedado regadas por el piso. Negro y verde, pieles oscuras y, cada tanto, un pelo claro. Media hora de imágenes frente a ese edificio que conocí y corte a un programa con los mejores restaurantes de la parte turística de Tailandia.

Ignacio se graduó y cambiamos de lugar de reunión: arrendamos una casa en la calle Domeyko, que pagábamos con parte del dinero de las misiones y algunas

194

donaciones voluntarias. Nos organizamos con nuevas miras: empezamos a ver claramente que algunos tenían inclinaciones hacia el comercio, otros para las relaciones públicas, otros –los menos– tenían aficiones para el deporte y otros simplemente nunca se decidieron, así que les dábamos algo simple que hacer. A algunos hubo que eliminarlos. A cierto elemento lo mandamos fuera de la ciudad para que supervisara la administración de un campo que no necesitaba de su supervisión. A los deportistas los monitoreábamos, los manejábamos subiendo sus bonos y los nuestros. Teníamos potenciales publicistas, ingenieros, artistas, vendedores. Pudimos agrandar nuestro servicio de eventos desde Santiago hasta Algarrobo, Reñaca, Pucón y balnearios aledaños. Logramos comprar una sede definitiva y en un barrio que valiera la pena, donde estaban concentrados todos nuestros intereses.

A los más antiguos teníamos que darles instrucciones cada vez con menos frecuencia. Ya no concebían la vida sin nosotros. Se acordaban de lo que les habíamos ayudado a solucionar cuando chocaban sus autos, cuando sus familias tenían problemas financieros, cuando los trataban de expulsar de las universidades, cuando se lesionaban. Éramos su apoyo cuando les rompían el corazón, cuando se sentían inseguros. Cuando quisieron creer que la vida no tenía sentido, nosotros se la dimos.

195

Con esta organización férreamente forjada en la lealtad nos fuimos ampliando sin pausa. Contratamos a un abogado para que hiciera lobby, elegíamos a personas que se hicieron cargo de los colegios, de las universidades por las que pasaban los compañeros de Ignacio y en todos los lugares donde pudieramos encontrar el tipo de persona que nos sirviera.

Fue Ignacio quien en una de nuestras reuniones planteó la posibilidad de algo que ninguno de nosotros había creído necesario. «Necesitamos rituales», dijo, «algo para que los nuevos adeptos se sientan más identificados y que les dé una devoción total hacia nuestra organización». Pensaba en una instancia que confiriera un sentido, pues en su visión los rituales de disciplina militar ya no eran suficientes. Necesitábamos formas de corte místico que integraran la jerarquía, dijo, con el sentido de batalla. Ignacio me pidió tiempo para concentrarse en eso, para buscar en los libros que recomendaba Raimundo, en su biblioteca, la fuente de inspiración. Como los asuntos marchaban con solidez y el colegio no me quitaba mucho tiempo, me hice cargo por completo de nuestra organización.

Cuando salí del colegio me encerré con Ignacio en el escritorio de su abuelo y nos quedamos un buen rato conversando. Decidimos juntos que yo entraría en la Escuela de Ingeniería, tal como habíamos

196

discutido cuando él decidió entrar a la Escuela de Leyes. Organizamos reuniones cada viernes, en las que analizábamos estrategias para conseguir resultados. Nuestro radio de influencia no paraba de crecer. Había un misterio tras nosotros que Ignacio se había encargado de alimentar mediante cartas a los diarios y artículos escritos con seudónimo. Creamos lineamientos nuevos para el futuro, utilizamos estrategias de marketing y publicidad alternativas, estudiamos a los grupos extremistas de izquierda para conocer sus modos de operar y así no sólo nos reíamos un rato por su falta de profesionalismo y seriedad, sino que ante cualquier dificultad los culpábamos con comentarios ambiguos y una facilidad arrolladora.

Los resultados no se hicieron esperar: logramos que el Decano de la Facultad de Leyes asumiera cargos de corrupción, que unos ex frentistas parecieran culpables del robo de un banco, que ciertos carabineros que se negaron a cooperar con nosotros se vieran involucrados en el asesinato de un empresario. Hicimos que se alegara suicidio en el caso de un incendio en las casas de un par de conocidos intelectuales, a pesar de los alegatos de las familias. Detuvimos la construcción de una planta nuclear a través de un diputado socialista, convencimos a los ejecutivos del canal de televisión del Estado que había ciertas cosas que aún la sociedad chilena no estaba lista para ver. Logramos liberar a la sociedad de algunas de sus escorias y que ni siquiera nos relacionaran con eso. El aprendizaje fue inmenso durante esos casi diez años que Ignacio se demoró en encontrar la fórmula que sustentaría nuestra organización.

Ese mismo Salvador, el de los besos indiferentes, el de los momentos monótonos, ahora aparece en la pantalla de televisión. Lo acusan de algo grave, lo busca la ley. Está acusado de ser el autor intelectual de la misma bomba que habían usado para inculpar a los encapuchados. «Uno de los líderes de un partido político que operaba en las sombras», dice el periodista. Hablan de las empresas, los reclutados, aparecen caras conocidas, el periodista dice sus nombres, retengo sólo el de Castro, veo la cara de Esteban, la de Gorman con un rectángulo que lo identifica con el alias de «El Perro», entre muchas miles de otras, todas ellas conectadas por un gráfico. Pero ahora se sabía de Salvador y su grupo. Eso dijeron: extremista. Mostraban las imágenes de un aficionado mientras filmaba a los manifestantes afuera del edificio. Muestran ahora a Salvador en unas tomas recogidas en sus oficinas: allí están los mismos gestos, la semisonrisa en la cara, su belleza, su vacío.

Una de las veces que lo fui a visitar a su casa –Ignacio hacía ya tiempo que había dejado de ir a la sede personalmente–, me dijo que existía una razón por la cual el viejo Raimundo y el viejo Stäbler nunca más se vieron. Unos meses más tarde me lo dijo: mi abuelo no es la persona que yo creía que era. Acompañó esa afirmación con una sonrisa y se puso hablar en una lengua que yo nunca había escuchado. Luego se rió.

Me dijo que su abuelo sabía hablar muchísimas lenguas y que él había tenido que aprenderlas para saber lo que decían esos libros suyos: había aprendido a distinguir el hebreo del árabe y del sánscrito. Leía todo, me dijo con una especie de desilusión o confusión que, se notaba, lo había retraído a esta soledad. Me había invitado a comer, como solía hacerlo antes, junto a su madre en la ancha mesa de madera. Hablamos de cosas triviales mientras comíamos algo rico bajo la luz amarillenta entre el olor a vainilla que siempre había en ese hogar.

Cuando ya habíamos conversado lo suficiente y el aire que venía aromático desde el jardín se puso fresco, la mamá de Ignacio se levantó. Ignacio y yo nos encerramos con nuestros cafés en los sillones del viejo escritorio. El lugar estaba cambiado desde la última vez que había estado allí: los rastros de Ignacio estaban desperdigados

199

por el lugar. Me mostró entusiasmado los signos y dibujos de unos libros donde la letra de su abuelo y la de él se entremezclaban.

—Este libro es de Raimundo –dijo–. Lo escribió él.

Me indicó dónde estaban las líneas escritas, copiadas en el cuaderno exactamente igual que el libro que me había mostrado antes, el de las grafías arabescas. Cada frase estaba traducida con la ya conocida letra manuscrita del viejo en tinta verde. Más afuera de la página había un comentario de Raimundo. En los bordes, en cambio, unas marcas en lápiz mina con la letra de Ignacio marcaban algunas partes.

—Este guerrero habla con su primo, más sabio y viejo que él, de sus dudas sobre ir a la guerra–. Y luego me miró con los ojos muy abiertos– Le dice que pelee.

—¿No es lo que le corresponde a un guerrero?

Luego hizo el gesto con el dedo que acostumbraba hacer cuando sabía que tenía la razón. Y luego:

—Aquí está –leyó desde la traducción de su abuelo–. Hay personas que tienen que proteger a los otros de un eventual daño.

Nos miramos un instante en silencio. Yo no entendía cuál era la gran novedad que me quería transmitir. Siguió leyendo:

—«No debes temer usar el arma violentamente contra tu hermano si con eso cumples tu misión en esta vida».

200

—Ignacio, ¿no estarás leyendo algún libro religioso?

—Bueno, sí —dijo él, bajando esos ojos, iguales a los de su madre, complicado—. Pero, ¿no íbamos a encontrar una inspiración para lo que vamos a hacer?

—Oye —le dije, aburrido—. No tiene sentido tu desaparición. Te escucho y no veo nada que se pueda usar. Nadie va a creer algo sacado de un libro de religión. ¡Un libro, Ignacio! Las palabras, ¡de qué sirven! De nada, son sólo un sonido que se desperdiga en el aire, como la bruma.

—La bruma es la que nos hace ciegos, las palabras nos revelan lo que no vemos.

—Te estás olvidando de lo que escribió el viejo Raimundo. Acuérdate: leer y escribir es una actividad agotadora, te dejan fuera de toda actividad. Ahora te está pasando eso a ti.

—Yo creo que mi abuelo quería decir algo distinto —tiró estas palabras de repente, con sus ojos bajos y la parte superior de su cabeza mirándome.

Hastiado, algo le contesté.

—No me estás entendiendo, Salvador. Necesitamos convencer a esta gente de que su misión es inapelable, de que este amor jerárquico es sólido, fuerte y único. Que ese lazo se lo da una autoridad rodeada de un aura de majestuosidad y revelación. Que el único lugar donde pueden buscar respuestas es ahí.

Me mostró las tapas de cuero del cuaderno donde estaba leyendo, un cuaderno exactamente igual a ese que el viejo Raimundo había usado para escribir su único libro, el que yo tenía en mi poder.

—Tengo la sensación de que las instrucciones de mi abuelo no eran más que palabras en el sentido que tú las usas y que nosotros las convertimos en esas otras palabras que él dice que no sirven para nada.

Mientras decía esto, Ignacio abrió una puertecita que estaba en la parte inferior del mueble detrás del escritorio. Me levanté para mirar: ahí debe haber habido más de dos decenas de cuadernos de cuero exactamente iguales al que yo tenía en mi poder, idénticos también al que Ignacio tenía ahora en su mano. Me quedé perplejo.

—El viejo decía que escribir era inútil —traté de reflexionar.

—Todavía no los he leído todos, pero parece que cada uno trata de distintas tradiciones. El que leímos era de poesía alemana, siglos XIX y XX. Mira, aquí hay otro tomo del siglo XX. Este de aquí comenta otros libros.

Me mostró.

—Mi abuelo era un aficionado a los libros. Era un copista, un comentador, un tipo al que le gustaba escribir historias y creer cosas por un rato.

—¿Pero es verdad?

—¿Qué cosa es verdad? —se rió.

202

—Nosotros.

—Ahora pareces mi amante.

Me hizo sonrojar. Continuó:

—Después de todo lo que hemos hecho juntos, ¿importa? Lo que importa es lo que estábamos siendo, lo que importa es aquello en lo que nos convertimos. ¿No es acaso verdadero lo que hacemos siendo nosotros?

Salvador camina en la pantalla de la televisión. Dos hombres lo sujetan por los brazos. Lleva una chaqueta de vestir verde y sucia, unos pantalones negros, una polera blanca. Está flaco, con barba, con el pelo teñido de negro, los ojos oscuros. Aún así sigue siendo un hombre muy hermoso.

En ese entonces tenía el pelo rubio y suave. Me acuerdo de que su cuerpo bien formado y aromático era todo lo contrario que el desvalido cuerpo de Sergio. Sergio era liviano como una pluma, Salvador ocupaba todo el espacio que había entre nosotros y no me dejaba respirar.

Desde el inicio insinuaba que fuéramos a mi casa. Fuimos a la suya un par de veces, pero su familia compuesta sólo de hombres me amedrentó. Un día que llegó de improviso a verme lo dejé entrar. Saludó a mi mamá, subió las escaleras y, satisfecho, se tiró encima de mi cama de una plaza. Sólo después de eso miró alrededor. Tomó uno de los libros que había sobre el velador, prendió la lámpara. Lo miré desde la silla al otro lado de la pieza. Hojeó el libro como si no le importara, tomó el control remoto, jugó con él un rato. Luego me buscó con la mirada. Lo recuerdo poco, sólo los olores que seguían entre las sábanas los días siguientes y que me obligaban a pensar en él.

Nunca supe bien qué buscaba con mi compañía. Nuestras conversaciones de pasillo siguieron siendo igual de frías, intáctiles e inútiles como hasta entonces. Pero volvió a mi casa un par de veces más. Era una manera muy extraña y torpe de comportarse. Algo sucedió sin que me diera cuenta, porque así como un día me fue a buscar a la función de *Casanova*, así también dejó de buscarme. Tal vez fue su amigo Ignacio. Salvador y él tenían una amistad inusual, una devoción mutua que nadie se atrevía a describir, pero que era difícil no notar.

Tampoco entiendo cómo llegó a merecer años de prisión y sucesivas acusaciones. ¿Acaso no dirán nada sobre Ignacio?

Salí de la casa de Ignacio confundido. Esa noche caminé hasta mi casa. Antes de irme, Ignacio me dijo: «Ya sabes entonces por qué tu abuelo nunca mencionó el nombre

204

de mi abuelo y por qué no había indicios de su amistad». Su amistad no existía, tal vez nunca se conocieron y tal vez el cuaderno era sólo un envío de amistad, algo que tenían en común, el amor por la lectura, por la tierra de sus padres, una propuesta que mi abuelo jamás habría aceptado. De repente se me apareció la expresión con que mi abuelo había mirado a Ignacio y hablaba de Raimundo, una expresión que yo entonces interpreté como respeto y admiración, pero que vista desde afuera no expresaba más que desprecio. ¿Acaso mi abuelo despreciaba a Raimundo Walbach porque era un mal escritor? ¿Acaso eso era todo?

La voz de Ignacio resonó nuevamente: «¿Vas a creer más en las palabras escritas de mi abuelo que en cualquier cosa? Si es así eres tan insignificante como la gente que detestas». ¿Ignacio me había elegido por mi fuerza o por mi debilidad? Lo estaba haciendo de nuevo. La voz de Ignacio, su imagen, sus ojos, invadían cada uno de mis pensamientos.

Volví sobre el cuadernos del viejo: lo leí de forma distinta, sólo eran palabras. ¡Palabras! Y las fotos, cuatro viejos en algo que podía bien ser una festividad religiosa tanto como el cumpleaños de sus padres.

Las semanas siguientes no me aparecí en la oficina ni contesté las llamadas de Ignacio. Finalmente decidió enviarme una carta:

205

Mi querido amigo Salvador:

Nunca dudes de esa aseveración: eres verdaderamente mi amigo y así te estimo y te respeto. Partiste de mi casa lleno de confusión y odio; no es algo que deba avergonzarte, conozco la naturaleza de las ideas que pasaban por tu mente y que tu mirada reflejaba con transparencia, pues yo mismo lo sentí cuando, años atrás, encontré esta puerta falsa que escondía el resto de las palabras de mi abuelo. Lo primero que pensé en ese momento es si acaso yo había leído mal, si nosotros habíamos leído mal aquella letra sobre ese cuaderno que tú guardas. Pero ahora, visto desde aquí, parece ridículo que hayamos interpretado todo al revés, pues no se puede escribir sobre la futilidad de escribir.

Tuve tal vez la suerte de tener este espacio donde podía recogerme en silencio y darme el permiso para confundirme cuanto quisiera con esa respuesta escondida entre las líneas frente a mí. Me dediqué a leer los cuadernos y los libros que comentaba, y te doy las gracias por permitirme hacerlo mientras tú te hacías cargo de que ninguno de los nuestros recibiera daño. En cada uno de esos manuscritos mi abuelo se comporta como una persona diferente; él no era ese pensador, como nosotros queríamos que fuera, que nos indicaba el camino a seguir. Era un aficionado a contar mentiras. Tú y yo lo vimos por el lente equivocado.

En esa confusión llegué al libro que te mostré cuando estuviste en mi casa, el del diálogo entre el guerrero y su consejero. Después de una segunda lectura comprendí que mi confusión recaía en la pregunta de si yo realmente debía proteger a los otros del daño, si acaso era un guerrero. Dudé y lo asumí: no lo soy. No lo soy, Salvador. En ese diálogo soy su primo. Y ahora te hablo a ti: tú eres un guerrero, tú debes proteger del daño a los demás. Siempre ha sido así, incluso antes de que me conocieras. Tu valor es la fortaleza, un guerrero no puede dudar.

Así como ese cuaderno que tienes en tu poder, habrá muchas otras cosas que no son más que ilusiones, pero que te indicarán lo que eres tú: ese cuaderno, la ficción de mi abuelo, fue la tuya. La mía es el resto de sus manuscritos. Sé que te preguntas también si todo lo que hicimos estuvo bien: las misiones, especialmente la de Nicolás. Tú no tienes poder de decisión sobre lo que haces, no tienes la visión completa para comprender el bien o el mal de tus acciones; sólo el tiempo va a decidirlo.

Si abandonaras todo lo que hemos construido, ¿qué dirían de ti? Se referirán a ti con palabras ásperas y te desdeñarían. ¿Podría haber algo más doloroso? Nuestros hombres y sus mujeres siempre hablarían de tu infamia, dirían que caíste en la desgracia. Y bien sabes que para

207

una persona respetable la infamia es peor que la muerte. Esas impurezas no se esperan de una clase de hombres civilizados, la clase de personas que conoce el valor de la vida en una civilización basada en la comprensión de todo.

Lo que hemos aprendido durante estos años es a evitar el sufrimiento. O bien peleas y disfrutas del reino que se abre ante ti o padeces y mueres con honor. Pelea sin tomar en cuenta la felicidad ni la aflicción, ni la pérdida ni la ganancia, ni la victoria ni la derrota. ¡Dichosos son los guerreros a quienes se les presentan las oportunidades de pelear! Pueden ejercer su voluntad para gobernar a otros bajo los principios correctos, para abandonar al hombre, para crear uno nuevo. Allá, entre la bruma, está esperando la luz.

Por eso, mi querido amigo, yo debo desaparecer. Tú podrás venir a verme cuando desees. Conversaremos en la mesa junto a mi madre y, cuando ella ya no esté, yo mismo cocinaré para ti. Ven a verme cuando dudes. Yo te diré lo que necesitas escuchar. Mis puertas estarán siempre abiertas para ti y sólo para ti, los demás te escucharán porque tú sabes llegar hasta sus oídos y sus ojos. Recuerda que eso supera la palabra escrita, supera incluso la palabra muerta del viejo Raimundo. Incluso la mía. Tú sabes qué hacer con ella.

SANGRÍA

Narrativas contemporáneas
1. *El arca (bestiario y ficciones de
treintaiún narradores hispanoamericanos)*,
compilación de Cecilia Eudave y Salvador Luis
2. ~~*Los perplejos*, Cynthia Rimsky~~ [fuera de circulación]
3. *Segundos*, Mónica Ríos
4. *Caracteres blancos*, Carlos Labbé
5. *Carne y jacintos*, Antonio Gil
6. *La risa del payaso*, Luis Valenzuela Prado
7. *El hacedor de camas*, Alejandra Moffat
8. *Oceana*, Maori Pérez
9. *Retrato del diablo*, Antonio Gil
10. *Niños extremistas*, Gonzalo Ortiz Peña
11. *Apache*, Antonio Gil
12. *La misma nota, forever*, Iván Monalisa Ojeda
13. *Alias el Rucio*, Mónica Ríos
14. *La parvá*, Carlos Labbé
15. *Misa de batalla*, Antonio Gil
EN PREPARACIÓN
15. *Ñache*, Felipe Becerra

Intervenciones
1. *Cuál es nuestro idioma*, varios autores
2. *Descampado. Sobre las contiendas universitarias.*
raúl rodríguez freire y Andrés Maximiliano Tello, editores
3. *Constitución Política Chilena de 1973*,
propuesta del gobierno de la Unidad Popular
4. *Not in Our Name. Against the US Aid to the Massacre in Gaza /
Contra la ayuda de los Estados Unidos a la masacre de Gaza*,
varios autores

Monumentos frágiles
1. *La Cañadilla de Santiago. Su historia y tradiciones. 1541–1887*,
Justo Abel Rosales.
Edición de Ariadna Biotti, Bernardita Eltit y Javiera Ruiz

Reserva de narrativa chilena
1. *El rincón de los niños*, Cristián Huneeus
2. *Carta a Roque Dalton*, Isidora Aguirre
3. *La sombra del humo en el espejo*, Augusto d'Halmar
4. *Tres pasos en la oscuridad*, Antonio Gil
5. *El verano del ganadero*, Cristián Huneeus
6. *Poste restante, Cynthia Rimsky* [fuera de circulación]
7. *Una escalera contra la pared*, Cristián Huneeus
8. *Trilogía normalista*, Carlos Sepúlveda Leyton
9. *Bagual*, Felipe Becerra
EN PREPARACIÓN
10. *Escenas inéditas de Alicia en el país de las maravillas*,
Jorge Millas
11. *Antología personal*, Guadalupe Santa Cruz
12. *Autobiografía por encargo*, Cristián Huneeus
12. *Las playas del otro mundo*, Antonio Gil
13. *Singulares misericordias*, Úrsula Suárez
14. *Libro de plumas*, Carlos Labbé

Instantánea relación
1. *Manon y los conejos hacedores de papel*, Felipe Becerra
2. *Cabo frío*, Antonio Gil
3. *Lolita again*, Iván Monalisa Ojeda
EN PREPARACIÓN
4. *El fantasma*, Mónica Ríos
5. *Cortas las siete pesadillas con alebrijes*, Carlos Labbé
6. *La*, Andrés Kalawski
7. *Peluche lunar*, Maori Pérez
Texto en acción
1. *El cielo, la tierra y la lluvia*, José Luis Torres Leiva
2. *Johnny Deep (Juanito Profundo) y la vagina de Laura Ingalls*,
Alejandro Moreno Jashés